禍家

三津田信三

角川ホラー文庫
18264

目次

一　引っ越し

（あっ、前に見たことがある……）

その家をじっくりと眺める前に、その町並みが目に入ったところで、棟像貢太郎《むなかたこうたろう》は思わず心の中で呟《つぶや》いていた。

（でも、そんなことあるわけない……か）

しかし、首を傾げながらも否定したのは、生まれて十二年間——それも、もうすぐ十三年になる——修学旅行を除くと、一度として千葉から出たことがなかったからだ。東京にさえ来たのは今回がはじめてなのに、都心から離れた武蔵名護池《むさしなごいけ》という地の盂怒貴《うぬき》町東四丁目の家並みなどに、どう考えても見覚えのあろうはずがない。

今までにも似た感覚に陥ったことは、実は何度もある。しかも、そういう場合はたいてい、厭《いや》な目に遭ったり、危ない思いをしたり、怖いことが起こったりした。前に見たことがあると感じたその場所で——。

だから彼は既視感《デ・ジャ・ヴ》めいたものを覚えると、なるべく足早に立ち去るようにしていた。

ただし、今回は引っ越して来たばかりの土地である。いくら何でもすぐに出て行くことなどできるわけがない。

（つまりこの町で、とんでもない経験をする……ってことなのかな）

今日から自分と祖母が住む家の前に佇《たたず》みながら、貢太郎は物凄《ものすご》く不安げな眼差《まなざ》しで、目の前の町並みを眺め続けた。

新居を右手の南に見て、東四丁目を貫く道が「く」の字に近い弧を描きながら東へと向かっている。「く」の字の下部に当たる西側に一本の道が通っていることから、地図では二つの通りが「くノ一」の「ノ」だけを抜いた形で接しているように見える。

その「く」の字の両側には、仲良く五軒ずつの家が並んでいた。一般の住宅に店舗が混在しているため、家屋の規模も格好もまちまちで、よく新興の住宅地に見られるような画一化された味気なさは感じられない。むしろ中には、お屋敷と呼んでもよい古風で重厚な建物もあり、この地の拓《ひら》かれたのが意外と昔であることを物語っている。

とはいえ、それだけの風景であれば大して珍しくもないうえ、貢太郎もこれほどの既視感は覚えなかったに違いない。問題は「く」の字の先にあった。

それは異様な存在感を漂わせながら、どっしりと東の町外れに蹲《うずくま》っていた。こんもり盛り上がった全体の姿から、巨大な亀を思わせる。ただ、大人しいイメージのある亀とは裏腹に、まるで今から目の前の十軒の家々を一つずつ呑《の》み込もうと、じっと地に伏せつつ身構えている怪物のように見える。

「これって……鎮守の森？」

気がつくと貢太郎は、その森の前に佇んでいた。道が折れ曲がっているため、もう少しよく森が見えるところまでと、歩を進めただけのはずだった。なのに、いつしか家の前から離れている。引っ越しで忙しい祖母の手伝いもせず、ふらふらっと「く」の字の果てへと、森の入口まで辿《たど》り着いていた。

彼が入口だと思ったのは、道が終わって森がはじまる地点から、石畳の参道らしきものが続いていたせいである。しかし、斜め左へと延びる一本の道筋を目で追っても、しばらく進んだところで右手に折れているため、先に何があるのかは分からない。それでも昨日まで住んでいた千葉の田舎で、彼が散々遊んだ場所の一つである鎮守の森と、目の前の風景はどこか似ている感じがした。

もっとも田舎の森は神秘的で、畏怖《いふ》の心をも抱かせられる存在だったのに比べ、この森は規模が小さいにもかかわらず、なぜか得体の知れぬ恐ろしさを覚えてしまう。そこに大きな違いがあった。

神様は慈悲深いだけでなく物凄く恐ろしい存在でもある——とは、千葉の家の近所に住んでいたお爺《じい》さんが、よく口にしていた台詞《せりふ》だったが、もしここが鎮守の森であるならば、その中心に祀《まつ》られている神様とは絶対に関わりたくない……という思いに貢太郎は一瞬にして囚《とら》われた。

すると突然、昨年のあの出来事以来再び見るようになった悪夢が、まざまざと脳裏に蘇《よみがえ》った。それは彼がまだ幼いころによく魘《うな》された怖い夢で、長じるにつれ薄れはじめ、ついには消え去ったものだったのだが……。

悪夢の中で彼は、真っ暗闇に身を置いている。まるで輝く星の一つもない暗黒の宇宙空間を漂うか、光のまったく射し込まぬ漆黒の深海に潜ったかのように、辺りには常に闇が満ちている。

と、細い細い一筋の縦に延びた光が現れる。圧倒的な闇の中ではあまりにも か細い光芒《こうぼう》ながら、それはまさに闇夜を切り裂かんとする光明に見える。その証拠に、はじめは細過ぎる一本の筋だったものが、徐々に幅を持ち出す。線が面へと変化し、やがて光にあふれた世界が目の前に広がる。そこでようやく彼は安堵《あんど》して、暗から明の空間へ這《は》い出ようとする。

ところが、そんな彼の眼前に、決まって化物が立ち塞《ふさ》がる。忌むべき邪魔者は、妖怪《ようかい》や幽霊だったり怪獣や怪人だったりと、そのたびに違っている。後から考えると、その時々に彼が最も怖いと思っていたものが、おそらく具現化していたのだろう。だから小学校の高学年になり、幸いにも最早《もはや》そういった空想上の化物に恐怖を覚えなくなってからは、悪夢を見る頻度が急激に低下し出し、そのうち完全に消えてしまった。

なのに再び悪夢が戻ってきた。しかも蘇った悪夢では、彼の前に立ち塞がるのは、いつも同じ影だった。やがて彼は悟った。これまでに登場したすべての化物は、実はそいつが姿を変えたものだったのだと。本当に怖いものが、ついに正体を現したのだと。

再び彼は震えて眠るようになった。もう架空の存在だからと、その影を排除することができなくなっていた。悪夢の中で禍々《まがまが》しい影と対峙《たいじ》した瞬間、あまりにも現実的な脅威をそいつに覚えたためである。夢の中の存在にもかかわらず、影が実在性を持った。何よりも、それを彼自身が認めてしまったのだ。

眼前に蹲る森を眺め、忌まわしい悪夢が頭を過《よぎ》ったのは、鬱蒼《うっそう》と茂って昼間でも暗い森が闇の空間に、その中に消える参道が一本の光の筋に映ったせいかもしれない。

引っ越して環境が変われば、悪夢など見ないと祖母は言っていた。自分でもそう信じ、そう願っていた。それなのに着いたばかりの土地で、よりによって真っ昼間から――。

「おおぉぅ……」

そのとき突然、近くで妙な唸《うな》り声が聞こえた。

思わず声のした右手を見ると、一軒の古びた木造家屋が目に入った。自分たちの家と同じ南の並びの、一番東の端に建つ家である。

「はぁ、これもうんめいじゃろう」

次いで囁《ささや》くような言葉が辺りの空気を震わせ、耳にしたとたん貢太郎は思わず身を強《こわ》張《ば》らせた。

問題の家には、〈小久保〉という表札が見えた。右隣の〈仲谷クリーニング〉と記された看板の出た店舗が小奇麗なだけに、よけいに朽ちて感じるのかもしれない。ただ、ろくに住人が家屋の手入れをしていないのは間違いなかった。それでも辛うじて人間が生活をしている雰囲気は漂っている。

そこで恐る恐る首だけを廻《めぐ》らして、やや荒れて雑然とした庭、玄関、一階の縁側、二階の窓と順に目をこらしてみたが、どこにも人影らしきものは見当たらない。空耳かと考えたが、嗄《しわが》れた気味の悪い声音が、耳朶《じだ》の奥に紛れもなく残っている。

なぜか既視感のある町並みの、得体の知れぬ森の前で、意味深長とも言える台詞を幻聴したという事実に、いつしか貢太郎は怖気《おぞけ》を覚えていた。

何だか恐ろしいことが起ころうとしている……？

まったく訳が分からないゆえに、一層の厭な思いを味わいつつ、ここから急いで離れるべきだと彼は考えた。このまま留《とど》まっていれば、もっと薄気味の悪い出来事が、自分の身に起こるような気がしてならなかった。

引っ越しの手伝いをしなければ、という努めて現実的なことを頭に思い浮かべて、彼は固まった身体を無理に動かした。

「ひいぃぃ」

そのとたん、それが目に入った。思わず悲鳴が口をついて出る。もう少しで叫んでいたかもしれない。絶叫しなかったのは顔から血の気が退《ひ》き、瞬く間に二の腕に鳥肌が立ったからだ。突然のぞっとする感覚で、皮肉にも叫び声が抑えられたらしい。

小久保家の乱雑な庭の東の隅に、半ば枯れたような柿の木があったのだが、その樹木の陰から何かが――いや、どうも人影らしきものが、じっとこちらを覗《のぞ》いていた。

とっさに、絶対に見ては駄目だと思った。だから何食わぬ顔で家まで戻ろうとした。

奇妙な囁きがどこから発せられたのか、ようやく分かったものの、それと下手に関わるべきではないと感じた。同じ町内の人であれば、いずれは知り合うことになるはずだ。だが、今ではない。少なくとも側に祖母がいるときを選ぶべきだろう。

しかし、その考えを行動に移すのが遅過ぎた。こちらが向こうに気づいたことを、どうやら相手に悟られたらしい。

木の陰から、にゅうっと顔が出た。

まるで一生涯に味わう苦のすべてを一度に体験し、それが歪《いびつ》な形で容貌《ようぼう》に現れてしまったという奇っ怪な老人の顔が……。決して加齢のせいだけではない無数の皺《しわ》と染みに顔中を覆い尽くされた、痛々しいまでに恐ろしい異様な面相が……。

見た目で判断してはいけないと思いながらも、貢太郎は震え上がった。金縛りに遭ったように、たちまち身体が固まる。だが、そんな恐怖など実はまだ序の口だったと、すぐに彼は思い知らされることになる。

老人が痰《たん》のからんだ嫌らしい声で、信じられない言葉を発したからだ。

「ぼうず、おかえり……」

彼の頭の天辺《てっぺん》から足の爪先《つまさき》まで、身の毛もよだつ戦慄《せんりつ》が駆け抜けた。両方の膝《ひざ》が小刻みにがくがくと震え出す。その場に立っていられるのが不思議なくらいだった。

お帰りとは、一体どういうことなのか。頭の中は完全にパニック状態である。ここに来たのは本当にはじめてなのに……。それとも最初に覚えた既視感は、本物だったとでもいうのだろうか。

でも、そんなはずはない。そもそも武蔵名護池などという地名も、つい最近まで知らなかったのだから……。

貢太郎の顔は驚愕《きょうがく》と恐怖のあまり、自分でも分かるほど激しく歪《ゆが》んでいた。

彼の動揺が伝わったのか、老人の顔にも変化が表れた。それは意外にも、不用意に子供を驚かせてしまったことを悔いているように見えた。が、まったく見当違いであることを、すぐ貢太郎は察した。苦痛に満ちたような顔の歪みが、老人にとっては微笑みなのだと気づいたのである。

無数の皺の一本ずつから、今にも何か気味の悪い体液でも垂らしそうなほど、にちゃーっとしたおぞましい笑みを浮かべつつ、老人は一心に彼を見つめている。食い入るように彼を凝視している。

そんな状態がしばらく続いてから、

「やっぱりなぁ。かずさのもりのかみさまが、おまえをよんでなさるんじゃなぁ」

またしても訳の分からないことを口にしつつ、再び木の陰に姿を隠しはじめた。

「じゅんばんは、ちゃんとまもられるべきなんじゃ」

ただし柿の木の裏からは、途切れることなく声が聞こえてくる。しかも、どうやら少しずつ移動しているようで、

「やぶるんであれば、あらたなじゅんばんがひつようになる」

　やがて、ゆっくりとした足取りで樹木の右手から姿を現した。

　それは見すぼらしい身なりをした年齢不詳の小柄な老人だった。もっとも貢太郎くらいの子供にとっては、ほとんどの年寄りが歳など超越した存在だったため、いずれにしても年齢の推定は無理だったかもしれない。

　にもかかわらず物凄《ものすご》く歳をとっていると感じたのは、老人の容姿が人間を超えて、ほとんど妖怪じみているように映ったからだ。

　ただ相手が老人だと分かり、少し安堵した。相変わらず薄気味の悪い存在だったが、その全体像を目の当たりにして余裕が出てきた。近所付き合いをする祖母のことを考え、適当に話をして戻れば良いとまで、気を回すことができたほどである。

　だが、そんな風に構えていられたのも束の間だった。老人がすうーっと貢太郎の方へと、急に近づきはじめたからだ。

　こっちに来るな……心の中で叫び声を上げつつ両手を無茶苦茶に振り回したが、実際の彼は何一つできないでいた。自分に向かって真っ直ぐ突き進んで来る、廃屋に棲《す》む妖怪のような老人を、ただただ見つめるばかりで――。

「そしてあらたなじゅんばんは、きちんとまもられなければならん」

　はっきりと老人の声は聞こえていたが、言葉の意味にまで注意を向けるのは無理だった。側まで来た相手が何をするつもりなのか、その恐怖だけで頭が一杯である。仮に何ら危害は加えられなくても、怪老人が手を伸ばして自分に触れることを想像しただけで、まるで小さな子供のように泣き出しそうになった。

ちょっと惚《ぼ》け気味のお爺《じい》さんに過ぎない、と思おうとしたが、前方から迫って来る禍々しい気配は本物だった。気休めなど即座に打ち砕いてしまうほど、怪老人からは忌まわしい空気が漂ってくる。

「それをかみつけの……」

庭を囲った生垣の前まで辿《たど》り着いた老人は、目の前の障害物を迂回《うかい》することなく、そのまま突っ切ろうとした。もちろん進めるはずもなく、たちまち苛立《いらだ》ちめいた表情が老人の顔に浮かぶ。

「あのあたまのいかれたむすこは……」

それでも訳の分からない呟《つぶや》きが止むことはなく、

「なーんにもりかいしとらんくせに……」

相変わらず口から垂れ流すように、ひたすら喋《しゃべ》り続けている。その様からは圧倒的な恐怖以上に、絶対的な狂気が感じられる。

ただし、もう老人が一歩も近づけないことを見取った貢太郎は、再び少しだけ落ち着きを取り戻した。とりあえず引っ越しの挨拶《あいさつ》だけをして、後は一目散に逃げ帰ろうと決めた。

「あ、あのー、こ、今度、向こうの端の家に、ひ、引っ越して来た——」

突如として生垣の間から、ぬうっと老人の右手が出てきた。

「む、棟像……えっ」

それを貢太郎が認めたときには、すでに彼の左手首はがっちりとつかまれており、ぐいぐいと生垣の方に引き寄せられていた。老人の力とは思えないほど強い、半ば惚けたような様子からは想像もできない牽引力《けんいん》で、ずるずると彼を引っ張り続けている。

「は、は、離して……下さい……い、痛い……」

本当に今にも左手首の骨が、ぽきっと音を立てて折れるのではないかと思えた。怪老人の側に引き寄せられる恐ろしさよりも、手首の骨を砕かれる恐れの方が、このときは勝っていたかもしれない。

ところが――、

「そんなとこで、何してるの？」

後ろから女の子らしい声が聞こえたとたん、左手首を締めつけていた物凄い力が嘘のようになくなった。しかも垣根から突き出された老人の右手と本人の姿も、彼が気づいたときには跡形もなく消えていた。

「あなた、あの端の家に引っ越して来た、棟像貢太郎君でしょ？」

「えっ……」

とっさに振り返った貢太郎は、老人の奇態な言動を考える余裕もないままに、新たに現れた人物と対峙《たいじ》する羽目になった。もっともそこに立っていたのは、自分と同じ年齢くらいのひとりの少女だった。

「私は生川礼奈《おいかわれな》——生川は、生まれるっていう字に、三本川の川ね。礼奈は、礼儀の礼に、奈良の奈って書くの」

名前の漢字を空中に指で書きながらも、彼女は「礼儀の礼」と口にしたときには、ジェスチャーのつもりかお辞儀までして見せた。

それが初対面の挨拶のようになったため、貢太郎は慌てて、

「あっ……えーっと、棟像貢太郎です。棟像っていうのは——」

もう相手が知っているらしい名前を名乗り、その漢字まで教えようとした。

「うん。どういう字かは知ってるから」

案の定、彼女は説明が不要であることを笑いながら断わると、

「貢太郎君も来月から、名護池中学の一年生でしょ。私もそうなの。つまりご近所さんにして、同級生というわけ、私たちは」

「へ、へぇ」

何とも間の抜けた返答が、貢太郎の口から出た。千葉で通っていた小学校では、特に男女の仲が悪かったわけではないが、授業を離れると交流などほとんどないのが普通だった。なのに初対面で、いきなり下の名を親し気に呼ばれたのだから、彼がうろたえるのも無理はなかった。

「で、でも、ど、どうして名前を……」

とはいえ、なぜ彼女が自分のフルネームを知っているのか、とても気になった。そこ

でつかえながらも尋ねると、

「あら、それなら東四丁目の人たち、みんなが知ってるわよ」

何でもないことだと言わんばかりに返された。ただ、それでは答えになっていないとすぐ彼女も気づいたのか、自分の後ろの家を指差しながら、

「ここが私の家で、お祖父《じい》ちゃんは町内会の会長なの」

大きな屋敷に目を向けると、確かに〈生川〉という表札が出ている。小久保という気味の悪い影のような老人の向かいが、この明るい少女の家で、おまけに祖父が町内会の会長を務めているとは、何とも対照的である。

(あれ……彼女は、あの爺さんに気づかなかったのかな?)

そこで遅蒔《おそま》きながら、肝心なことに思い至った。声をかけてくれたのは、意図的に自分を助けようとしたのか、それとも単なる偶然だったのか。

(でも、もし助けてくれたんなら、小久保という人について何か言うだろうし、ここから離れようとするんじゃないか)

首をひねったところで、老人が小柄だったことを思い出した。つまり自分と生垣の陰になって、彼女には見えなかったのかもしれない。

「ただし町内会でも、盂怒貴町のうちで住人の仲が一番いいのが、ここの東四丁目でね」

貢太郎が何を考えているかを知る由もない礼奈は、

「それで引っ越しの話も、もう数日前には、お祖父ちゃんから東四丁目のみんなに伝わ

っていたの。だから——」

屈託のない笑みを浮かべて、いつしか祖父のことを話しはじめている。

（生川礼奈……か）

決して美人でも可愛いというタイプでもないというのが、不躾《ぶしつけ》ながら貢太郎の第一印象だった。癖毛らしい頭は小さな爆発を起こしたように見えるし、鼻梁《びりょう》から両目の下にかけてはソバカスが広がっている。おそらくこの二つは本人も気にしているのではないか、と男の彼でさえ思うほどである。ただし、それらが何ら欠点には見えない。むしろチャームポイントのように映っていた。

（うん。なかなか個性的だ）

もちろん怪老人から救ってくれたことに対する感謝の気持ちが、そう感じさせたのかもしれない。だが、あれほどまで戦慄《せんりつ》を覚えた老人の発する異様な気配が、早くも薄れはじめているのは、やはり目の前の生川礼奈という少女の存在のせいだろう。

「ちょっと貢太郎君、ちゃんと聞いてる？」

はっと我に返ると、彼女が真正面から自分を見つめていた。一瞬にして、顔が耳まで赤く染まったのが分かる。あまりの恥ずかしさに小久保家であろうが鎮守の森であろうが、そのまま飛び込みたくなった。

「ほら、あっち」

しかし幸いにも彼女は、そんな彼の注意を他へと向けてくれた。

「えっ、な、何……」

礼奈が指差す方向、町の西へと視線を転じた貢太郎は、〈棟像家〉の前に集まった人々の姿を目にして仰天した。祖母に何かあったのではと、とっさに身構えたほどである。

「あれ……何してるの？」

「引っ越しの手伝いに決まってるでしょ。あなたの家の」

呆《あき》れたと言わんばかりに彼女は目をむいて見せたが、次の瞬間には笑いながら、

「さっ、戻りましょ。お祖母《ばあ》さんひとりじゃ大変よ。みんなが手伝ってくれるとはいえ、家の人がひとりでも多い方が、いいに決まってるんだから」

まるで世話の焼ける弟を扱うかのように、自分が先に立って貢太郎を促した。

「う、うん」

さすがにもう戻らなければと思っていたので、素直に彼女の後へ続こうとして、

（あっ、あの爺《じい》さんは――）

彼は振り返ると、少しだけ小久保家の方へ近づいてみた。

（……いない）

生垣の向こうに蹲《しゃが》んでいる可能性はあったが、かといって覗《のぞ》き込む勇気はない。

「どうしたの？」

立ち止まったままの貢太郎を不審に思ったのか、先に進んでいた礼奈が踵《きびす》を返す素振

りを見せたので、彼は慌てて生垣から離れようとした。

そのとき——、

「かずさのもりには、ぜったいにはいるな」

今では耳に慣れた、あの怪老人の呟きが聞こえてきた。

「にかいのおくへは、けっしてちかづくな……」

その言葉の意味を問い質《ただ》すことも、あの老人を捜すこともせずに、貢太郎は駆け出していた。すぐ先に礼奈がいなければ、きっと新しい家まで走り続けたに違いない。

「あっ、貢ちゃん——こんなにご近所のみなさんが、お手伝いに来て下さって」

礼奈と並んで家の前まで戻ると、目ざとく彼を見つけた祖母に声をかけられた。どこに行っていたのかと孫を怒らなかったのは、予想外の歓迎に戸惑いと嬉《うれ》しさを感じていたためだろう。

「あらっ、もうお友達ができたの？」

しかも元気良く挨拶《あいさつ》をする礼奈を見て、まるで貢太郎からガールフレンドを紹介されたように喜んでいる。

祖母と礼奈に近所の主婦たちも交じり、たちまち賑《にぎ》やかなお喋《しゃべ》りがはじまった。ようやく引っ越し会社の人たちが大きな荷物を運び入れはじめたところなのか、まだ屋内の片づけには間があるようである。

貢太郎は改めて、これから自分が住むことになる家を眺めた。それは祖母と二人だけで暮らすにしては、とても大きな二階建ての家だった。外観がくすんだように見えるため、決して新しくはなさそうだが、千葉で住んでいた借家より遥《はる》かに立派である。

（こんな家が、よく借りられたなぁ）

素朴な疑問が湧いたものの、今日からここに住むのだと思うと少しは嬉しい。

奇妙な既視感、得体の知れぬ森、奇っ怪な老人――と立て続けに異様なものに見舞われはしたが、町の東側に近づかなければ大丈夫だと思うようにした。

（生川礼奈の家は――）

それが問題だったが、とりあえず今は考えないことにして、早く家の中を見て回ろうと思った。

が――、

「ただいま……」

開け放たれた玄関口から足を踏み入れたところで、なぜか自然とそんな言葉が口をついて出た。

（えっ……）

自分の言葉に自分で驚いた次の瞬間、

（うわあぁぁぁっっ……）

あの悪夢とまったく同じ真っ暗闇の世界が、彼に覆い被《かぶ》さってきた。

二　家

その日――三月最終週の月曜日――の夕方、つい先程までの喧噪《けんそう》が嘘のように、棟像家はひっそりと静まり返っていた。

大きな家財が運び込まれた後、祖母を手伝った近所の主婦たちによって、あっという間に片づけの大半は終わってしまった。他の荷物といっても、祖母と貢太郎の二人分だけだったので量もしれている。要は荷の少なさに比べ、明らかに手伝いの人数が多過ぎたのだ。

少し遅めの昼食は、〈ベーカリーすずの〉の主人――鈴野光雄――が焼き立ての美味《おい》しいパンを差し入れてくれた。夕食もすでに、棟像家の隣の書道教室〈橘《たちばな》〉の小母《おば》さん――橘静子――が、お握りとおかずを持って来てくれる手はずになっている。引っ越しの初日で、ろくに食事の準備ができないだろうという町の人たちの心遣いである。

「ええ人ばかりで、ほんまに良かったわ」

和歌山の出身である祖母は、関東に出て来てからも一向に変わらなかったらしい関西弁で、そう言って喜んだ。

もちろん貢太郎も祖母の言葉に異存はなかった。町の人々が新しい住人を歓迎してくれているのは、子供心にもよく分かる。ほとんど町内が総出で、二人を温かく迎え入れようとしていた。小久保の怪老人だけは例外かもしれないが、どこの町にも変わった人物が住んでいるものである。あのときは突然のことで動揺したが、時間が経てばそんな風に冷静な判断もできた。

ただし、町の住人には何の問題もないけれど、町外れのあの森とこの家は別なのではないか――という疑念に貢太郎は囚《とら》われていた。

この家に足を踏み入れた瞬間、自分に何が起こったのか、実は今も彼にはよく分かっていない。目の前が真っ暗になって、あの悪夢の直中《ただなか》に覚醒《かくせい》したまま放り込まれたような、物凄《ものすご》く厭《いや》な気分を覚えた。

とはいえ、それも一瞬だった。引っ越し会社の人から、そこに立っていると邪魔になるよと声をかけられ、すぐ我に返ったからだ。気を取り直して恐る恐る家中を見て回ったが、二度と同じ目には遭わなかった。だから単に、屋外から屋内へと急に入ったため覚えた立ち眩《くら》みという解釈もできた。

しかしながら、本当に真っ暗だったという感覚は残っている。彼の経験上、目眩《めまい》の場合は少なくとも明るさは感じられるはずだ。全体が薄ぼんやりとして、決して真の闇に包まれることはない。そのうえ、あの暗闇はとても怖かった……。例の悪夢を見て覚える恐怖と、ほとんど同じように思えた。だからこそ彼は、もう少しで声に出して絶叫しそうになったのだ。

（それだけじゃない。森のこともある）

改めて考えると小久保老人が口にした言葉の中で、自分にはまったく意味不明のものがあったことを思い出した。一つは〈かずさのもり〉で、もう一つは〈かみつけ〉である。

ただ、最初の方は〈もり〉という言葉が入っていることから、あの森ではないかと推測できる。その後で〈かみさま〉とも続けていたため、やはりあれは鎮守の森ではないかと考えた。そうすると〈かずさ〉は、森の名前ということになる。

貢太郎は机の上の本立てに並べた国語辞典を手に取ると、〈かずさ〉を調べてみた。すると〈上総《かずさ》〉とあり、昔の東海道の国の一つで、今でいうと千葉県の中央部に当たることが分かった。自分が昨日まで住んでいた千葉の一部が、上総と呼ばれていた事実をいみじくも知ったわけだ。

この暗合は、彼を物凄く不安な気持ちにさせた。単なる偶然かもしれないうえ、本当に〈上総の森〉なのかも分からない。なのに彼は、この奇妙な一致に不吉な気配を感じ取っていた。

（もう一つの〈かみつけ〉は――）

何とも言えぬ厭な気分を払うように、国語辞典をめくる。さらに気味の悪い暗合を見つけるのではないかと恐れながら……。

ところが、その不安は杞憂《きゆう》だった。〈かみつけ〉という言葉は載っていない。何となく音の響きから、〈かみつけ〉も昔の国の名ではないかと思っていたのだが、どうやら違っていたらしい。

そこで遅蒔《おそま》きながら、〈かみつけ〉の後で、〈あのあたまのいかれたむすこ〉という台詞《せりふ》を、老人が口にしていたことを思い出した。つまりは〈かみつ家〉であり、もしかすると〈神津家〉とでも記すのかもしれない。

小学校の友達でミステリ好きだった吉川清から、明智小五郎と金田一耕助に続いて教えられた名探偵の神津恭介の名前を、貢太郎は当てはめてみた。〈かみづ〉と〈かみつ〉の違いはあっても、漢字は同じだったからだ。

（でも、神津なんて人は知らないし……）

まして、その家の頭のいかれた息子などに、心当たりがあろうはずもない。やはり、あの爺《じい》さんこそ頭がおかしくなっていて、誰に対しても訳の分からないことを呟《つぶや》いているのではないだろうか。

一旦《いったん》そう結論づけて安堵《あんど》しかけたものの、すぐ盂怒貴《うぬき》町東四丁目の町並みに覚えた既視感が、上総の森から感じた禍々《まがまが》しき感覚が、そしてこの家で見舞われた悪夢の体感が、次々と蘇《よみがえ》っては再び貢太郎に襲いかかってきた。

一体ここは、何なのだ？　自分たちが引っ越して来たこの地は、この家は、どんな場所だというのだろう？

徐々に日が暮れはじめる夕刻、森閑とした広い家の中の、自分にあてがわれた二階の部屋でひとり、そんな得体の知れぬことを考えていると、段々と怖くなってきた。

貢太郎は慌てて自室を出ると、一階の和室へと向かった。そこは家の中で唯一の畳敷のため、すんなり祖母の寝室に決まった部屋である。橘静子が夕食を届けに来てくれるまでの間、祖母は座敷で少し休むと言っていた。

「お祖母《ばあ》ちゃん、寝てる？」

そうっと和室の襖《ふすま》を開けながら、小声で呼びかける。

「いいや、横になってるだけや。入っておいで」

後ろ手に襖を閉めつつ、貢太郎は物珍し気に室内を見回した。家具はすべて同じものなのに、やはり千葉で祖母が住んでいた部屋とはまったく違って見える。

「どうや、もう勉強部屋は片づいたか」

彼が寝起きをする自室のことを、祖母はそう呼んだ。

「うん。後は本を段ボールから出して、本棚に並べるだけかな」

「そうか。他の本はええけど、ちゃんと教科書だけは出しとかないかんよ。いくら春休みやいうても――」

「お祖母ちゃん、中学校の教科書は、まだもらってないから」

「あっ……せやったな」

祖母は苦笑しながらも、必要な辞典や参考書があったら、今のうちに買っておくように釘《くぎ》を刺すことを忘れない。

「ねぇ。どうして、ここに住むことになったの？」

中学生としての心構えを一通り祖母が話し終えたところで、貢太郎は問いかけた。この半年ほどの間、すべてを任せていたため、なぜ武蔵名護池という地を選んだのか実は知らなかった。

「あれ、言うてなかったかいな」

ところが、祖母は意外そうな口調で、

「お祖母ちゃんのお弟子さんの中に、ここの町内会の会長さんの遠戚《えんせき》の人がいはってな。その人を通じて、この家のことを教えてもろうたんや」

茶道と書道と花道の免状を持っている祖母は、千葉ではカルチャーセンターの講師をしながら、何軒かの個人宅でも教えていた。それはこちらに来ても続けることになっている。

「東京の町中やったら、お祖母ちゃんも住む気にはならんけど、これくらいの郊外になると、もう都会いう感じがせえへん。かというて田舎でもないしな。ええとこやろ」

「うん……。でも、この家は二人で住むには、ちょっと大き過ぎるんじゃない？」

「せやなぁ……けど、小さいよりはええやろ。大は小を兼ねる言うてな。大きい家に住めるんやったら、それに越したことはないわけや」

「でも……家賃が高くない？」

次の瞬間、祖母は目を丸くすると、

「はっはっは、そんなこと心配しとったんか。ええか、これでもお祖母ちゃん、ええ稼ぎをするんやで。こっちでもカルチャーセンターの講師の口は決まってるし、個人宅の生徒さんも紹介してもろてるからな。人数で言うたら、千葉よりも多いくらいや。せやから貢ちゃんは、そんなこと気にせんでええんや。それになぁ、こんな大きな家の割には、意外なほど家賃が安いんや、ここは」

そこまで言われると、さすがに貢太郎も後が続かない。

「なんや、気に入らんのかいな、この家が?」

ようよう孫の様子がおかしいと思ったのか、祖母は急に不安そうな表情を浮かべた。

「うーん。自分でもよく分からないけど――」

そこで彼は、ここに来て覚えた既視感のことを話した。小久保老人に触れるとややこしくなると思い、また悪夢の説明をすると心配をかけるだけだと考え、町並みと家に見覚えがあるような気がした、とだけ言うに止めておいた。これまでの経験から、その既視感に予兆めいた力があることも、もちろん伏せてである。

「はじめて来た場所やのに、前に見たような気がするいうんは、まぁ誰にでもあることやからなぁ」

じっと彼の話に耳を傾けていた祖母は、孫が語り終わると同時に、何でもないことだと言わんばかりの返答をした。

しかし、そのとき貢太郎の頭の中には一つの考えが浮かんでいた。

「もしかして昔、この町に父さんと母さんは住んでたことがあって、実は僕が生まれたのもここで——」

「何を言い出すのか思うたら、この子は……。お母さんは一昨年《おととし》、地元でボランティア活動二十周年の表彰を受けましたやろ。で、あんたはもうすぐ十三歳ですな。もしお母さんが十三年前ここに住んでて、それであんたを生んだんなら、あんな表彰を受けられるわけありませんがな」

「あっ、そうか」

ひょっとすると結婚したばかりの両親が、この町に——この家かは分からないが——住んでいて、自分はここで生まれ幼少のころを過ごしたため、それで脳裏の片隅に町並みの風景が残っていたのではないか。だからこそ家の前に立ったとき、これまでの既視感とは違う、もっと強い感覚に陥ったのではないか。

祖母と話すうちに、そんな考えが貢太郎の頭に浮かんだ。これが今回の既視感を合理的に説明する、最も納得のいく解釈だと思った。

(けど、違ってた)

そのとたん、背中がぞくぞくっとした。理屈では割り切れない何か恐ろしく厭《いや》なものに、自分が魅入られているような気がした。

「まぁなぁ、環境が急に変わって、貢ちゃんも大変や思うけど」

そこで祖母が、最近はめったに見せたこともない大きな溜息《ためいき》を吐いたため、たちまち貢太郎は慌てた。

千葉の小さな借家で、彼は両親と三人で住んでいた。祖母は隣町のアパートでひとり暮らしをしていたが、母親が訪ねたり、また祖母が遊びに来たりと、双方の行き来は頻繁にあったので、ほとんど四人家族のようなものだった。

ところが昨年の秋、車の事故で両親が二人とも一度に他界してしまった。現場は両親とはまったく縁のない、とある霊園近くの崖《がけ》である。そこに行く途中のガソリンスタンドの店員が、車の後部座席にも人が乗っているのを目撃していたことから、ヒッチハイカーを拾ったのだろうと推測された。つまり霊園まで送った帰路に、運転を過って崖から落ちたと考えられた。誰にでも親切だった両親らしいが、その優しい心根が仇《あだ》になったのだ。

貢太郎にとっては、正に青天の霹靂《へきれき》だった。父も母も、いずれは自分よりも先に逝ってしまう。それは彼にも分かっていた。ただ、そんなことは遥《はる》か未来の遠い世界の話であり、そのときには自分は大人になっており、両親は祖母のような――いや、祖母以上の――老人のはずである。第一その前に順番から言えば、祖母の死に目に会う日が当然やって来る。まだ祖母の逝去さえまったく想像もできないでいるときに、それも一度に二親とも死んでしまったのだから、彼が受けた衝撃は並大抵ではなかった。

ただただ鬱々《うつうつ》と過ごすだけの日々が続いた。何をしても楽しくなく、何を食べても味がせず、自分が生きているという実感がどうしても湧かない。そのうち幼いころに繰り返し見ていた悪夢が再び訪れるようになり……。

両親が死んだとき、彼にとっての肉親は父方の祖母だけだった。母方の祖父母は、彼が小さいころに相次いで亡くなったという。父親には兄が、母親には姉がいたが、二人とも十数年も前に病死したらしい。そういう意味では祖母も、随分と悲しく淋《さび》しい思いをしてきたに違いない。

詳しいことは貢太郎も知らないが、父親にはいくばくかの借金があったらしく、借家の家賃も滞っていたようである。そういった事情もあって祖母は、あの家から、あの地から彼を連れ出したのだろう。

(ここに来たのは、やっぱり偶然なんだ)

半ば自分に言い聞かせながら、それでも彼は最後の確認とばかりに、

「上総《かずさ》っていうのは、昔の千葉の呼び方だったの？」

「ああ、そうやねぇ」

いきなり何を言い出すのかと、祖母は少し驚いている様子だったが、

「それなのに、この町外れにある森を、どうして上総の森って呼ぶの？」

続く孫の言葉を耳にして、一応は合点がいったようである。

「さぁ、それはお祖母ちゃんも分からんけど、この辺りも昔は、そう呼ばれとったんかもしれへんなぁ。同じ地名なんか、今でも仰山《ぎょうさん》あるやろう」

「うん……。じゃあ、神津っていう人、知ってる？」

「かみつ？　どんな字を書くんや」

貢太郎が〈神津〉かもしれないと教えると、祖母は首を傾げながら、

「いや、お祖母《ばあ》ちゃんは知らんな。ここの町内にも、そんな名字の家はないやろう」

祖母の表情と口調を窺《うかが》う限り、決してとぼけているわけではなさそうである。それに小久保の怪老人と祖母と、どちらを信用するかなど考えるまでもない。

「貢ちゃん、なんぞあったんか」

またしても祖母が、心配そうな眼差《まなざ》しを向けてきた。

「まさか、あの女の子にいじめられたんや……ないわな。仮にそうでも、あんた、そら男として情けないで」

「ち、ち、違うよ」

とんでもない誤解を受けそうになって貢太郎は仰天したが、祖母の顔に悪戯《いたずら》っぽい笑みを認め、ようやく自分の気持ちをほぐすための冗談だと分かり安堵《あんど》した。

「ええか、貢太郎」

しかし、すぐ祖母は真顔になると、

「今日からこの家で、この町で、あんたはお祖母ちゃんと二人で暮らすことになる。私はまだまだ元気やし、あんたが高校、大学と進学して、就職して、ええお嫁さんをもろうて、可愛い曾孫《ひまご》の顔を拝むまでは、あっちに逝くつもりはない」

そう言いながら仏壇の方にちらっと顔を向けたので、あっちとはあの世のことだと理解できた。

「せやから、あんたは何も心配することあらへん。しっかり勉強して、大いに遊んで、たくさんの友達をつくったらええ。ただな、二人しかおらへんねんから、あんたはあんたでしっかりせんといかん。古い言い方かもしれんけど、昔で言うたら、あんたは棟像家の跡を継ぐ男の子やねんからな」

祖母は信心深かったが、迷信じみたことは毛嫌いしていた。なのに孫が妙なことを言い出したため、ここは諭《さと》しておく必要があると思ったのだろう。

「うん、分かった」

そんな祖母の気持ちが手に取るように伝わってきたので、貢太郎は素直に頷《うなず》いた。

昨年までは、一度に両親を亡くした不憫《ふびん》な孫というのが、祖母の貢太郎に対する見方だった。それが、今年になってから変わってきた。いつまでも憐《あわ》れんでいては、決して本人のためにならないと気づいたからだろう。それ以来、お父さんとお母さんがいないとは言わず、お祖母ちゃんとの二人家族だと表現するようになっていた。

「それでもな」

きっぱりと肯定の返事をした孫を、じっと見つめていた祖母の真剣な顔つきが、そこで少し崩れたかと思うと、

「なんぞ困ったことがあったら、自分ひとりで抱えんと、お祖母ちゃんに言うてくれた

らええんやで。あんたは、決してひとりぼっちやないんやからな」

最後には、やがて天涯孤独になる孫を気遣うような台詞《せりふ》を吐いた。

夕飯まで部屋で本の整理をすると言って、貢太郎は座敷を出た。結局、自分がこの地と何の関係もなかった事実を知ることにより、完全に消えないまでも少しは不安が薄まったように思えた。要は誰にでもあるような、単なる既視感に過ぎなかったのだと。

自分を覆っていた薄気味の悪い空気が少し晴れたところで、彼はいまさらながらに家の広さを実感した。千葉の借家が狭くて見すぼらしかったため、正直こんな家に住めるとは夢のようである。

ただ、そうは言うものの今の彼にとって、がらんとして人気のない屋内の雰囲気は、あまり気持ちの良いものではない。祖母の部屋に温かみを覚えただけに、よけいにそう感じるのかもしれないが……。

和室を背にした彼の目の前に、一本の廊下が延びている。右壁の手前には、洗面所と風呂場《ふろば》に通じる扉があり、向こう側にトイレの扉が並んでいる。トイレを過ぎると二階へ上る階段が見え、そこを越すと廊下は左へ鉤《かぎ》の手《て》に折れていて、玄関に出る。廊下を曲がらずに目の前の——ちょうど和室と向かい合った——扉を開ければ、広々としたリビング兼ダイニングキッチンが現れる。システムキッチンは右手の奥にあり、室内全体の三分の一ほどを占めている。つまり玄関から上がって左手すぐの部屋が、料理をして食卓を囲み、ソファに座ってテレビを観るような、いわゆる家族団欒《だんらん》の場となっていた。

もっとも祖母は、その空間を単純に〈食堂〉と命名したけれど。

階段を上ると、途中で一度折り返して二階へと達する。すぐ左手にバルコニー付きの部屋があって、祖母によると貢太郎が結婚した暁には、新婚夫婦の寝室に打ってつけだということらしい。遠い将来の主寝室の前を通り過ぎると、廊下が右に曲がって真っ直ぐ延びている。その中程の左手に大きな窓があって、「く」の字の表通りに面するバルコニーへと出られる。窓の向かいには二階用のトイレもあったが、掃除が大変だからと、祖母からは一階のみを使うように言われている。

廊下は突き当たったところで、右手へと折れている。曲がり角の左手と正面、そして折れた先に、それぞれ扉がある。前の二つは、ほぼ同じ大きさの洋室へと通じ、最後の一つは洗面所のものだった。またしても祖母によると、二つの洋室は曾孫たちの子供部屋になるらしい。ちなみに貢太郎の勉強部屋は、廊下を突き当たった正面の扉の方だった。もう片方の部屋は表通りに面していたが、そのため窓は北と東を向くことになる。彼の勉強部屋は家の裏側に当たるが、窓は南と東に面する。よって陽当たりを考えた祖母が、奥の部屋の方が良いだろうと決めた。

和室を出た貢太郎は、一つずつ扉を開けてみた。そうしてすべての部屋を覗《のぞ》きながら、二階の自室へと戻って行った。ちょうど家猫が、引っ越し先の住居の隅々まで調べ尽くさない限り、そこに安心して住めないのと同じように。

しかし猫の場合と違って、彼の心の中には安堵する気持ちよりも、この家に対する不審の思いが再び芽生えはじめていた。

これだけの家なのに、どうして家賃が安いのか……？

一つずつ部屋を見て回るうちに、その疑問が次第に大きくなる。ようやく治まりかけていた恐怖心が、またぶり返しそうな気配さえ感じる。

確かにJRの武蔵名護池の駅からは、少し離れ過ぎているかもしれない。ただ、千葉でも通勤に二時間以上かかるという友達の父親の話などは、特に珍しくもなかった。となると優に六人家族が住める規模の家で、しかも家賃が格安であり、家屋の傷みも目立ってないとくれば、足の便が少々悪くても問題にはならないはずだ。それは彼のような子供にでも分かる。

つまりこの家は、借り手が殺到しても決しておかしくない、それほどの物件なのだ。なのに実際に借りて住むのは、祖母と孫の二人だけの家庭である。

そう思ったところで貢太郎は、あれほど近所の人たちが歓待してくれたのは、本当に純粋な厚意からだけだったのか、という何とも恐ろしい疑念に囚《とら》われた。

もし他に、何か理由があったとしたらどうだろう。

例えばこの家が、実は住む人が次々と出て行ってしまう化物屋敷であり、それがこの町内で唯一の問題だった。だから、どうにかして今度こそ、新しい住人には住み続けてもらいたい。その思いが、ああいった歓迎の形となって表れたのだとしたら……。

だが、そんな莫迦莫迦《ばかばか》しいことは、さすがに有り得ないと思った。幽霊屋敷など存在しないと、貢太郎が断じていたからではない。祖母が迷信じみたことに否定的なほど、彼は自分が合理主義者だとは思っていない。予兆めいた力を持つ既視感のこともある。かといって信じているのかというと、正直なところ本人にもよく分からない。そういったことも世の中にはあるかなぁ、くらいの感じだろうか。

ここが忌まれた家のはずがないと思うのは、祖母の弟子のひとりの遠縁がこの町の生川家であり、その伝手《つて》で家を借りた経緯を考えると、幽霊物件など紹介されるわけがないからだ。いかに秘そうと遅かれ早かれ、ここが幽霊屋敷だという噂が祖母の耳に入るに決まっている。いつまでも隠しておけるものではないだろう。

極めて常識的に考えたところで、せっかくの町の人々の厚意を、自分が土足で踏みにじっているような気分を覚えた。何ともやるせない気持ちになる。気がつくと、勉強部屋の前まで戻っていた。すべての部屋の確認をしながらも、ろくに途中からは室内を見ていなかったような気がする。

（やれやれ……）

気を取り直した貢太郎が扉のノブに手をかけ、自室へ入ろうとした、そのときだった。

背後の廊下に何かの気配を感じた。

次の瞬間、いつ、どこからかは分からないが、それが自分の後ろからずっと憑いて来ていて、一緒にこの家の中を巡っていたのではないか、という何とも恐ろしい思いが、ふっと脳裏を過《よぎ》った。

まさか、そんなことあるわけない……と否定する彼の後ろで、

ひたひたひたっ……。

それの気配が近づいて来た。

慌てて扉のノブを回す。ガチャガチャと音がするだけで、一向にノブが回転しない。鍵《かぎ》が掛かっているはずはなかった。第一この部屋の鍵など、祖母から渡された覚えがない。

ひたひたひたっ……。

そうしている間にも、足音は迫って来る。

とっさに左手の扉から、北側の洋室に逃げ込もうかと思った。が、なぜかは分からないが、そうしてはいけないと強く感じた。

泣きそうになりながら狂ったようにノブを回していると、それが急に掌《てのひら》の中で回転した。一気に扉を開けて部屋に入り、すかさず後ろ手で閉め、すぐに内鍵を掛ける。

ひたひた……ひたっ。

貢太郎が扉に背中をつけた刹那《せつな》、ちょうどその反対側に達したかのように、それの足音が止まった。

「はぁ、はぁ、はぁ……」

必死で己の気配を消そうとするのだが、どうしても息が漏れてしまう。自分が部屋の中にいることは相手にも分かっているのだから、そんな努力など無駄なのに。

扉の向こうには一体、何がいるのか……。

とてつもない恐怖に包まれながら、それでも気のせいに違いないと自分に言い聞かせつつ、彼はそおっと身体を反転させ、扉に右の耳を押し当ててみた。

（…………）

廊下からは何の物音も聞こえない。扉の向こうには、誰もいない寂とした空間だけが延び、森閑とした空気だけが満ちている。そうであるに違いなかった。

ところが、しばらく耳を澄ましていると、ごく微《かす》かながら息遣いのようなものが聞こえてきた。自分と同じで、息を殺そうとしながらできないでいる、そんなおぞましい気配が……。

いや、違う。そうではない。扉にぴったり張りついて、それは室内の様子を窺《うかが》っているのだ。だから扉を通して直《じか》に、それの息遣いが聞こえるのだ。

扉の向こうの状況とそれの正体を考えたところで、彼は悲鳴を上げそうになった。だが、まったく声が出ない。それどころか扉から耳を離すことさえできない。もうこれ以上、廊下にいる何者かの身の毛もよだつ気配を、扉越しとはいえ感じたくなかった。なのに少しも身動きがとれない。

思わず祖母に助けを求めようとしたが、やはり肝心の声が出ない。彼の勉強部屋と祖母の和室は、それぞれ家の反対側に位置している。まだ耳は遠くないとはいえ、ある程度の声を上げない限り聞こえるとは思えない。

貢太郎が途方に暮れかけたそのとき——彼は突如としてあることに思い当たり、次の瞬間ぞっと身体を震わせていた。

にかいのおくへは、けっしてちかづくな……。

小久保の怪老人が口にしたあの言葉——あれが意味していたのは、この家の二階の奥の部屋には決して近づくな、ということだったのではないか。

三　町

引っ越し当日の夕方、祖母が夕飯だと呼びに来るまで、それも二階へ上って来て勉強部屋の扉を開けてくれるまで、貢太郎はずっと身動き一つできないでいた。祖母が来なければ、一晩中その姿勢のままだったかもしれない。

食堂での夕食の間、祖母と橘静子は書道の話で盛り上がり、貢太郎は黙々とお握りを食べ、おかずを口へと運び続けた。そうして二人の会話を聞く振りをしながら、あの気配は単なる錯覚だったのか、それとも……と考えていた。ただし結論の出るものではないため、彼はすぐに別の心配をしはじめた。

（夕飯がすんで、テレビを観て、お風呂《ふろ》に入って――。それから二階へ上がって、あの奥の部屋で寝るのか……。それもひとりで……）

かといって、さすがに祖母と一緒に寝たいなどとは、口が裂けても言えない。千葉で祖母が泊まりに来たときなどは、よく一緒に寝ては色々な昔話を聞いたものだ。それは彼にとって、とても良い思い出になっている。だが、さすがに昔話をせがむ歳では今やない。少なくとも寝物語としては無理だろう。

夕食後も残って話をしていた静子が帰り、大してない後片づけを念入りにした祖母が先に風呂を使っている間、貢太郎はテレビを観ていた。祖母が風呂から上がっても、入りなさいと言われるまでは、テレビの前から動かなかった。それどころか風呂から出ても、しばらくはテレビに目を向けていた。

だが、そのうちついに、「もうそろそろ寝なさい」と言われた。両親に比べると祖母は就寝が早い。仕方なく食堂を一緒に出たが、あわよくばとっさに考え、そのまま和室までついて行こうとした。が、階段の下で「お休み」と挨拶《あいさつ》され、反射的に「お休みなさい」と返していた。

祖母が和室に入ってしまうと、たちまち自分だけが、まるでこの家の中に取り残されたような不安に包まれる。

そこからが、本当に怖かった……。

自分の家だというのに――しかも自分の部屋へと向かうだけなのに――あたかもホラー映画に出てくるような、見知らぬ土地の幽霊屋敷に足を踏み入れてしまう、思慮の足りない旅人にでもなった気分である。

しかも、そんな思いに囚《とら》われたまま廊下に佇《たたず》んでいると、益々《ますます》その恐怖心が増幅してゆくのが分かった。

（二階の奥までじゃないか。そんなのすぐだ）

己を鼓舞すると、素早く廊下の左右を確認してから、貢太郎は階段を上りはじめた。

ところが、二、三段も上がらないうちに、背後が気になり出した。首筋にすうすうと冷気を感じる。それが背筋を伝い下り、ぞっと悪寒が走る。お尻《しり》がもぞもぞして、太腿《ふともも》の裏から踝《くるぶし》まで何かが這《は》い下りているような感触がある。と、足の裏から頭の天辺まで、ぶるぶるっとした気持ちの悪い震えが、一気に駆け上がった。

これは、今にも自分の後ろから何かが憑いて来ようとする前兆ではないのか――と思ったとたん、彼は階段の左側の壁に背中を張りつけていた。

ちらっと一階の廊下を見下ろす。何も、誰も、いない……。

安堵《あんど》の溜息《ためいき》を吐くと、その体勢のまま貢太郎は蟹《かに》の横歩きのような格好で、階段を一段ずつ上がって行った。祖母に見られれば目を丸くされ、礼奈なら大笑いしたかもしれないが、彼は真剣だった。

ようやく半分の折り返しまで来ると、階段の下と上を交互に確かめる。どちらにも何もいないことを認めてから、なんとか残りの段を同じ調子で上り切った。しかし二階に達した彼は、そこで自分の莫迦《ばか》さ加減を呪うことになる。廊下の明かりを点《とも》しておくのを忘れていたのだ。

二階は真っ暗だった。おそらく廊下を半ばまで行けば、バルコニーから町の街灯の光が射し込んでいるに違いない。だが、一階の廊下と階段の明かりに目が慣れている彼にとって、今から辿《たど》らなければならない空間が、真の闇に見える。おまけに廊下の電灯のスイッチが、どこにあるのかも知らない。

（二階へ下りる前に、スイッチの場所を見つけておくんだった。いや、そのときに明かりを点しておけば良かったんだ）

夕方なら祖母もいたうえ、まだ夕陽が窓から入っていた。悔やんだが後の祭りである。それに、ここで愚図愚図していても仕方がない。

（一気に走ろう）

暗がりでスイッチを探るよりも、その方が良いと判断した。

貢太郎は大きく息を吸うと、ゆっくり吐き出したところで、目の前の闇へと突っ込んだ。まず主寝室の扉を通り過ぎる。すぐに北側の壁にぶち当たる。当然それは予想していたため、まだ大して速度は出していない。問題は、そこを右に曲がった直線である。バルコニーの広い窓から朧《おぼろ》に射し込む明かりによって、辛うじて廊下が浮かび上がっている。そのため行く手には、何者も待ち構えていないことを、どうにか見てとることができた。しかし、それでも彼は走った。勉強部屋の扉にぶち当たることさえ考えずに、ほぼ全速力で駈《か》け抜けようとした。

ひたひたひたっ……

そのとき、自分のすぐ後ろでそれの気配がした。気がつくとそれに追われていた。

声にならない悲鳴を上げながら物凄《ものすご》い勢いで、まっしぐらに自室の扉へと突っ込む。ぶち当たって跳ね返される寸前に素早く扉を開き、部屋の中へ飛び込み鍵《かぎ》を掛け、ほとんど同時に明かりを点したかと思うと、すかさずベッドに潜り込み蒲団《ふとん》を頭から被《かぶ》り、胎児のように身体を丸めた。

この姿勢のまま夜が明けるまで、じっと彼は待つつもりだった。決して蒲団から顔を出さないつもりだった。

それでも火曜日の朝になって目覚めると、いつの間にか普段通りに寝ていたらしく、頭の下には枕があり、胸元までだったが蒲団もかけ、仰向けの姿勢で天井を見上げていた。ただし、部屋には明かりが煌々《こうこう》と点り、扉には内側から鍵が下りている。それらは昨夜の出来事が、寝入りばなに見た悪夢ではない証拠だった。

朝食をすますと、祖母は新宿にあるというカルチャーセンターの本部へと出かけた。今後のスケジュールや講義内容について、打ち合わせがあるという。

「お弁当を用意してあるから、お昼はそれを食べなさい。今日の夕飯は貢ちゃんの好きなもん、お祖母ちゃんが作るから、まぁ楽しみにしとき」

そう言いながらも祖母は、どこか少し心配そうな表情で孫を見た。

「うん、お腹を空かせておくから。いってらっしゃい」

ことさらに明るく祖母を送り出した後、貢太郎は今度こそ本の整理をした。外に逃げ出すことも考えたが、いくら何でも陽のあるうちは大丈夫だろう。それに言うまでもなく、ここは我が家なのだから。

段ボール箱に詰めた本を取り出す前に、まず部屋の模様替えをする。引っ越しの翌日に家具を動かすなど、普通では有り得ないだろうが、今後の生活を考えると必要だと思った。今の配置では、勉強机の椅子に座ると、扉に背を向けることになる。ベッドに寝ると、顔を横にしなければ扉が見えない。そんな状態には耐えられそうもない。

午前中一杯をかけて、勉強机は南の窓際に西の方を向けて、ベッドは反対の北側に頭を東に寝られるように置き直す。扉のある西壁には本棚を、東壁には洋服箪笥《だんす》を据《す》える。そこまでして貢太郎は、ようやく部屋が落ち着いたように感じた。この家の中でこの空間だけが、自分にとっては安全地帯のように、なぜか覚えたほどである。

お昼には朝の味噌汁《みそしる》の残りを温め、祖母の手作り弁当を食べた。食べながら午後の予定を考え、近所を散策することに決めた。もちろん森とは逆方向の、町の西方面へ向かうつもりだった。

弁当箱と椀《わん》を洗っていると、近くで犬の吠《ほ》える声が聞こえた。キッチンの東側には、橘家の庭がある。どうやら犬を飼っているらしい。そう思ったものの、それ以上は大して気にすることもなく貢太郎は外へと出た。

「あれ……」

そこで彼は、盂怒貴《うぬき》町東四丁目の町並みの、西の端を南北に走る道に、ひとりの小さな子供が佇んでいるのを認めた。

普通なら大して気に留めることなく、子供を一瞥《いちべつ》しただけで家を後にしていたと思う。なのに彼は、その場から動けなくなってしまった。なぜなら三歳くらいにしか見えない男の子が、まさに食い入るような眼差《まなざ》しで、盂怒貴町東四丁目の町並みを眺めていたからである。

あたかも昨日の自分のように、子供は東四丁目全体を見つめている——いや、凝視しているとしか思えない。

と、急にある一軒の家に、男の子の視線が移った。棟像家の右斜め向かいに建つ、どこか薄気味の悪い廃屋らしい家に……。

子供の視線を追った貢太郎が、まるで幽霊屋敷みたいな家だと思ったときである。再び男の子の頭が動いたかと思うと、その眼差しが彼の真後ろにひたっと見据えられた。

そう、後ろに建つ棟像家へと……。

幼い子供の一連の動きが、あたかも何かが見えているような仕草が、貢太郎をぞぉっとさせた。赤ん坊や幼児の瞳《ひとみ》には、大人には見えないものが映る、ということを聞いた覚えがある。それが成長するに従い、ほとんど消えてしまうのだという。

貢太郎が興奮するほど、男の子の反応は尋常ではなかった。じっと棟像家を見上げたまま微動だにしない様子は、幼い子供とはいえ鬼気迫るものが感じられる。

「ええっと、ねぇ……ぼ、僕……」

ひとりっ子だった彼は、その年代の子供と話したことがなく、とっさにどう接すれば良いのかが分からない。仕方なく声をかけつつ、近づこうとしたところで、

「つかさちゃん」

男の子の祖母らしき人が、孫の名前を呼びながら現れた。

ちょっと目を離した隙にいなくなり、慌てて周囲を見回して見つけ、急いで駆けつけて来たという様子である。さすがに保護者を前にして、「何か変なものが見えるの？」と訊《き》くわけにもいかず、どうしようかと彼が困っていると、老婦人がこちらに気づいた。

貢太郎は反射的に会釈した。極めて自然な態度だったはずである。ところが、あろうことか老婦人は彼の顔を見たとたん、すぐさま孫の手をつかむと逃げるように立ち去ってしまった。

「な、なんだよ」

思わず貢太郎が不満の声を上げるほど、それは失礼な仕打ちに映った。が、すぐに無理もないかと考え直した。中学生や小学校の上級生が、幼い子供に危害を加える事件が起きている昨今である。あの祖母らしき人が、孫に近づこうとしている自分を見て不審に感じ、慌てて逃げ出したとしても非難はできない。

それともこの家に人が住んでいることを知って驚き、関わり合いになるのを恐れて逃げた、という可能性も考えられるのだろうか。

「まさか……ね」

いささか被害妄想気味だと、貢太郎は苦笑した。しかし、男の子の一途な凝視と老婦人の不自然な態度が、ねっとりとした何とも言えぬ不快感を、彼に与えたことは間違いなかった。

「貢太郎君！」

そこに生川礼奈が現れた。たちまち厭《いや》な気分が、すうっと薄れる。

「出かけるの？」

「うん。ちょっとそこらを、ぶらぶらしようかと思って」

そう言うと、もし良かったら今から町を案内してくれるという。どうやら最初から、そのつもりで誘いに来てくれたらしい。

「あ、ありがと」

まさに渡りに船だったので、貢太郎はお願いすることにした。まだ残っていた不快感も、この彼女の申し出でほとんど消え失せてしまった。

ただ礼奈は町と言ったが、最初に卒業してまだ間もない螺画浜《らがはま》小学校に寄った以外は、立川から世田谷《せたがや》まで続く国分寺崖線《がいせん》に沿って、そこに見られる〈はけ〉という湧き水が流れる泉や、暗闇坂と呼ばれる昼間でも鬱蒼《うっそう》と樹木に覆われて薄暗い急な坂道などを巡り、それから崖線を南下すると国分寺から多摩川まで流れている迺川《のがわ》へと、貢太郎を連れて行ってくれた。かつて武蔵野の雑木林と呼ばれたころの名残りが、今も微《かす》かに息衝《いきづ》いているような、そんな場所ばかりを選んだようである。

千葉の田舎でも好んで自然の中で遊んでいた貢太郎にとって、これは非常に嬉《うれ》しかった。引っ越し早々に遭遇した奇っ怪な出来事も、一時とはいえ完全に頭から離れたくらいである。そこで礼奈の案内が終わっていれば、であったが……。

夕方になって家の前まで戻ったところで、彼女が東四丁目の町内も一通り紹介すると言い出した。それまで町中は避けた格好だったのに、さすがに近所は案内する必要があると思い直したのだろう。

(聞くだけならいいか)

強いて断わるのも変だと思い、彼も素直に従うことにした。

「貢太郎君の家の左隣が、書道教室をやってる橘さんのお宅だけど、ここはもう知ってるでしょ」

旦那《だんな》は定年間近のサラリーマンで、書道を教えているのは静子であること、息子は独立して代々木でひとり暮らしをし、娘は結婚して名古屋に住んでいることは、昨夜の夕食時に自然と耳に入っている。

そう言うと、礼奈は柵《さく》越しに橘家の庭を指差しながら、

「ひどーい。コロを忘れてるじゃない!」

庭を覗《のぞ》くと犬小屋の前に柴犬《しばいぬ》がいて、小首を傾げたような仕草のまま、こちらに顔を向けている。先程の吠え声の主は、この犬らしい。

けれど、無闇に吠えそうには見えないなと彼が思っていると、

「とても大人しいけど、人懐っこいのよ、コロは」

それを裏付けるような台詞《せりふ》を、礼奈が口にした。不審者にだけ反応する、とても賢い犬だというのだ。

ということは、あの子供が発していた異様な空気に、犬は反応したのかもしれない。

いまさらながらに貢太郎がぞっとしていると、コロを紹介して満足したのか、次いで彼女は棟像家の向かいへと移動しながら、

「ここが東四丁目で唯一の集合住宅〈コーポ池尻〉で、シミちゃんが二〇三号室に住んでるの」

コーポは道沿いには建っておらず、少し引っ込んだ地点に南面の壁があった。そこから建物は北に向かって細長く延びており、上下に五室ずつの部屋があるらしい。

「シミちゃんって、小学校の友達？」

「ううん、もっとお姉さん――ていうより、教生の先生くらいかな」

「へぇ、そんなに年上なのに、仲がいいの？」

「うん。本当は兄貴の家庭教師なんだけど、勉強の時間以外でなら、私とも遊んでくれるの。ご近所なんだから、仲良くしましょうって」

彼女は吉祥寺にある〈ホーム・スクール〉という家庭教師の派遣会社に勤めていて、その生徒のひとりが礼奈の兄で、この春から中三になる礼治《れいじ》だという。

コーポの南面の壁に据えられた、上下に五つずつ並んだ郵便受けを見ると、二〇三号室には〈下野〉とあった。他は一〇一号室に〈内田〉と二〇六号室に〈上乃〉と記されているだけで、残り七室に名札はない。ちなみに一〇四号室と二〇四号室は〈四＝死〉を避けたのか、欠番になっている。

「あんまり住んでる人がいないんだな」

「そんなことないよ。シミちゃんの話だと、ほとんど満室のはずだから」

「でも、名前が――」

「学生や若い人は、みんな名前を出さないんだって。お祖父《じい》ちゃんが言ってた。町内会にも入らない人が多いって、困ってたよ」

「名字は出しとかなきゃ、手紙も届かないんじゃ……」

「部屋の番号さえ書いてあれば、大丈夫なんでしょ。女の人の場合、ひとり暮らしは何かと物騒だし、しつこいセールスとかもあるらしいから」

「それで名前を出さないのか」

なるほどと納得したところで、貢太郎は思わず「あっ」と声を上げそうになった。このコーポ池尻に、神津という人物が住んでいるのではないか。ならば祖母が知らなかったことの説明もつく。一通り近所の人は紹介されただろうが、さすがにコーポの住人は除外されたに違いない。

「ひょっとして、ここに神津って人が住んでない？」

「えっ……かみつさん？」

どんな字を書くのかと礼奈が訊き、〈神津〉だと答えると、自分の知る限りではいないはずだと言われた。

「でも、どうして貢太郎君は、その神津っていう人が、ここに住んでるかもしれないって考えたの？　そもそも神津さんって誰？」

深く考えもせず安易に質問したのが失敗だった、と貢太郎は後悔した。とっさに適当な言い訳で誤魔化そうとしたが、礼奈にまともに見つめられると何も頭に浮かばない。

「あのー、えーっと、そのー……」

「ここは、はじめてなんでしょ？　貢太郎君のお祖母《ばあ》さんは、引っ越しの前に家の様子を見に来てたみたいだけど。うちのお祖父ちゃんに挨拶《あいさつ》しに来たとき、私に、孫と仲良くしてくれって、こっちには友達がいないからって、そう言ってたよ」

（そうか……。お祖母ちゃんが彼女に頼んだのか……）

図らずも礼奈が自分に声をかけてくれた背景を知り、貢太郎は落ち込んだ。

「別に話したくないなら、それでもいいけど」

しかも黙り込んだ彼の態度を勘違いした彼女に、なんとも冷たく言われてしまった。

「えっ、いや……」

そんなことはないと否定したかったが、ならばすべてを打ち明けるしかない。だが、いざ話そうとすると、気味の悪い変な奴だと思われ、彼女の自分に対する見方が変わるのではないか、という不安を覚える。

かといって彼女の反応も心配ながら、ずっと誤解されたままも気まずい。家のことは黙っておいて、小久保老人のことだけでも話そうか……と彼が決心しかけたところで、さっさと彼女がコーポから離れてしまった。そして何も言わずに、右隣の家の前に立っている。

「…………」

慌てて後に続いたものの、貢太郎は完全に喋《しゃべ》る機会を失していた。

「ここはね、空家なの」

それまでと違って、礼奈の口調が投げやりに聞こえる。こちらに背中を向けたまま振り返りもしない。こんな調子で最後まで行くのかと思うと、彼はいたたまれない気分になり、とても悲しくなった。

「小学校でみんなが、この家を何て呼んでたと思う？」

ところが、そう言いながら振り向いた彼女の表情には、悪戯《いたずら》の共犯者に向けるような笑みが浮かんでおり、彼をびっくりさせた。どうやら怒っているわけではないらしい。いや怒っているのだろうが、それを態度に出さないように、彼女なりに気を遣ってくれているのだと分かった。

大袈裟《おおげさ》でも何でもなく、貢太郎は素直に感動した。彼女の気持ちに応《こた》えるためにも、すべてを話してしまおうと決めた。けれど、今は駄目だと思った。目の前で彼女は、別の答えを待っている。そこにあんな話をいきなりするのは、やはり避けるべきだろう。

それに再び黙ってしまった彼に対し、彼女の顔が曇りはじめている。

「えっ……そ、そうだなぁ……幽霊屋敷とか」

空家ということから幸い、すぐに無難な言葉が浮かんだ。しかし、このとき貢太郎は礼奈の態度にばかり気をとられ、その家が、あの子供が凝視していた家だということを、すっかり失念してしまっていた。

「おしい! 正解は化物屋敷……。まっ、どっちでも同じようなものだけど」

「幽霊じゃなく化物なのは、何か意味があるの?」

「うん。ほら幽霊屋敷っていうのは、そこで人殺しなんかがあって、後から住んだ人がお化けを見る場合とかが多いでしょ」

断定するほどの知識は彼になかったが、ここは方便とばかりに頷《うなず》いておく。

「でも化物屋敷って言うと、怪物とか殺人鬼とかが棲《す》んでいて、それを知らずに入って来た人間を、次々に殺すっていうイメージがあるじゃない」

「えっ、ということはこの家に、そんな凶暴な人物が住んでたってこと?」

「うーん……噂は色々あるんだけど、みーんな作り話っぽくって」

「それじゃ、やっぱりただの空家だから……」

「でもね、頭のおかしい家族が住んでたのは、本当らしいんだな」

そこで礼奈は急に声を潜めると、辺りに誰もいないのを確かめながら、

「この家の話は、ここら辺りじゃタブーなの。どこの家でも親に訊《き》こうものなら、二度と口にするんじゃないって酷《ひど》く怒られる。普段は甘いお祖父ちゃんやお祖母ちゃんでも一緒だから、よっぽど迷惑な人たちが住んでたのかもね」

崩れた煉瓦《れんが》塀と錆《さ》びた鉄の門の向こう側には、荒れ果てた庭が見える。礼奈と散策した武蔵野の雑木林には、人間の手が入っていない自然の美しさを感じたのに、ここで覚

えるのは荒廃の寒々しさだけだった。

そんな庭に半ば埋もれるようにして、二階建ての立派な洋風の家屋があった。棟像家よりも遥《はる》かに古い建物だったが、ちゃんと手入れさえしていれば、おそらく風格が出ていたに違いない佇《たたず》まいが窺《うかが》える。なのに長年にわたって放置され続けた結果、本来なら洋館としての品位が醸し出されていたのに、思わずぞっとする何か得体の知れぬものによって家が覆われている……ような気配に、今は充《み》ち満ちていた。

「うん。これは化物屋敷だね」

礼奈に話を合わせようとしたわけではなく、貢太郎は心底そう感じた。幽霊という淡い存在とは違い、化物という言葉から喚起されるもっと強い何かが、目の前の家には巣くっているように思えてならない。

「でしょう。でもね、子供には何も教えてくれないし、この家もまるで存在していないとばかりに無視するの。そのくせ実は、結構みんな気にしてるんだから」

彼女は囁《ささや》くような声で、再び意味深長なことを口にした。

「どういうこと？　そもそも、れ、れ、礼奈ちゃんが小さいときから、こ、ここはもう空家だったの？」

自分のことを「貢太郎君」と呼ぶのだから、彼女は「礼奈ちゃん」でいいに違いないと考えたものの、彼にとっては本当に思い切った決断だった。急に心臓の音がバクバクと耳につき出したことでも、それが分かる。

一方の彼女は、下の名前で呼ばれたことに気づいているのかいないのか、相変わらず秘密めかした様子で、

「物心がついたときには、もうこんな感じだったし、とっても怖かった覚えがある」

「それじゃ、少なくとも十年くらい前から——」

「誰も住んでなかったことになるわね。それほど昔のことなのに、今でも気にしてる人がいるみたいなの」

「へぇ、どこの家の人が？」

「コーポ池尻の大家さんで、自分は三丁目に住んでるんだけど……ここ、コーポの隣だから厭《いや》なんじゃないかな。去年の十月にね、シミちゃんが二〇三号室を借りるとき、大家さんが——あっ、大家さんって言ってもお婆ちゃんの方だけど、『もし名字が少し違ってたら、貸さなかったかもしれない』って、そう言われたんだって」

シミちゃんの名前は下野だったなと思いながら、貢太郎が鉄の門の周囲に目をこらしていると、右側の門柱に辛うじて〈上野〉と読める表札を見つけた。

「ええっ、それってこの家が上野で、シミちゃんの名字がたまたま下野だったから？」

信じられないとばかりに彼が驚くと、苦々しそうな表情で礼奈が頷いた。

「変でしょ。同じ名前ならまだ分かるけど、上野と下野じゃ似てるだけでまったく別なのに。それに二つとも、そんなに珍しい名字でもないしさ」

「うん……。それに二〇六号室には、確か〈上〉っていう漢字の入った——」

「あっ、あれね、上乃《うえの》さんって読むらしいの」

「だったら字は違うけど、その人の方が——」

「そうそう。それでシミちゃん、上乃さんに——彼女はOLっぽい人なんだけど——たまたま廊下で会って立ち話になったとき、訊いてみたんだって。そしたら自分と同じようなことを、やっぱり大家のお婆さんに言われてたことが分かって……」

「へぇ……。でもなぁ、大家のお婆さんが今でも、そこまで気にしてるってことは、よっぽど問題のある人が、ここに住んでたってことになるよね」

そう自分で推測しながら、実は見た目以上にこの家は禍々《まがまが》しい存在なのかもしれないと考え、貢太郎は改めて厭な気持ちになった。

「そうよね。私たちの間では、他に比べると具体的な話がないだけ、ここの家の印象は薄かったんだけど、きっと大人たちは——」

「えっ、他って？」

「あっ、ごめん。小学校のとき、〈名護池の四つの幽霊屋敷〉っていうのが、この辺りの怪談としては有名だったの」

「よ、四つもあるの……」

驚く彼を見て、礼奈は少し得意そうな口調で、

「一つ目は〈人形荘〉っていう洋館で、作家が住んでたんだけど、その家を舞台にした怪奇小説を書いてるうちに頭がおかしくなって、そのまま行方不明になったって……」

「本当の話？」

「さぁ……肝心の人形荘がどこにあるのか、誰も知らなかったから」

「ふーん」

「でも、この話を高校生のお姉ちゃんから聞いたって子が、ちゃんと実在する家だって言ってた」

貢太郎の相槌《あいづち》に胡散臭《うさんくさ》さを感じて慌てたのか、急いで彼女は付け足した。

「二つ目は〈川沿いの幽霊屋敷〉って呼ばれてる家で、これは実際に酒川沿いにある廃屋なの」

「えっ、酒川って――」

「うん、さっき案内した川のこと。あの家の方へは行かなかったから、今度また連れて行ってあげる」

「そこが幽霊屋敷なのはどうして？　やっぱり人が住んでないから？」

「その家はね、昔、本当に人殺しがあったの。そこのお父さんと近所の女の子が、家の中で惨殺されたんだって」

「その家の娘じゃなく、近所の子が？」

「当時ね、〈かぼちゃ男〉って呼ばれた変質者が出てたんで、その子を預かってたらしいの。なのに家の中で……」

「うわっ、それは怖いな」

「そして三つ目が、ここで——」

そう言いながら元上野家に顔を向けたところで、礼奈が急に口籠《ごも》った。

「どうしたの？」

四つ目はと訊きかけて、急に貢太郎も黙り込んでしまった。物凄《ものすご》く厭な考えが、ふと頭の中に浮かんだからだ。

（ひょっとすると四軒目は、自分の家じゃないのか）

人形荘というのは分からないが、川沿いの幽霊屋敷と元上野家は、両方とも空家である。それぞれ頭のおかしな住人がいた、人殺しがあった、という因縁はあるものの、そのために誰も住まなくなったのだと察しはつく。だとしたら、あの家も……。

恐る恐る振り返ると、彼は何とも言えぬ眼差《まなざ》しで棟像家を眺めた。

「あっ、貢太郎君、勘違いしてる」

ところが、さも可笑《おか》しそうな様子で礼奈が、

「確かに貢太郎君が引っ越して来た家も、結構長い間ずっと空家だったけど、まったく荒れた感じはなかったから、とても幽霊屋敷には見えなかったよ」

「そ、それじゃ、四軒目は？」

彼女に否定されても、自らの奇っ怪な体験があるだけに、彼も素直には受け入れることができない。

しかしながら礼奈が無言で上げた、その右手の人差し指の先を見て、なるほどと納得

した。そこに小久保家が見えたからである。

「でもね、あの家にはお爺《じい》さんが住んでるし、過去に酷い事件があったわけでも……なくて……ね。ただ、あんな風に、いかにもそれらしく見えるから——。それで無理に幽霊屋敷を四つにしようとして、後から加えたんだと思う」

歯切れが悪いのは小久保老人に申し訳ない、という気持ちがあるからだろうか。もっとも貢太郎は怪老人に対する印象が良くなかったので、あの家の雰囲気では仕方ないだろうと思った。

残りの案内は、ごく簡単に終わった。化物屋敷の右隣が〈ベーカリーすずの〉で、その向かいが老夫婦だけの石橋家であり、石橋家の左隣は〈仲谷クリーニング〉で、その向かいはお父さんが銀行に勤めている大柴家となり、そして大柴家の右隣が彼女の生川家で、その向かいに怪老人がひとり暮らしをする小久保家がある——というのが、盂怒貴町東四丁目の町並みだった。

つまり鎮守の森から見て、「く」の字の道の北側に生川家、大柴家、ベーカリーすずの、元上野家、コーポ池尻、南側に小久保家、仲谷クリーニング、石橋家、書道教室の橋家、棟像家と、五軒ずつの家が並んでいることになる。

礼奈の案内が道の左右を行き来する、ちょうどジグザグを描く格好になったため、気がつくと二人は森の前に達していた。

小久保家まで進んだら、貢太郎は老人から言われた妙な台詞《せりふ》を、彼女に教えるつもりだった。それが四軒目の幽霊屋敷と当家を紹介したことで妙に意識したのか、彼女は家に近づかずに名前を口にしただけで、この案内を終わらせてしまった。

（また言いにくくなっちゃったなぁ）

もっとも神津という名前に、彼女が心当たりのないことは分かったので、今になって老人の言葉を持ち出したとしても、あまり意味はないのかもしれない。

（なら、上総の森のことを訊《き》いてみようか）

そう思ったところで貢太郎は、神津に関して完全に盲点となっていたある可能性に気づき、はっと身を強張《こわば》らせた。

（僕たちが引っ越して来た家の、前の住人が神津だったんじゃないのか）

四　森

「僕たちが引っ越して来る前って、どんな人が住んでたの？」

あまりにも貢太郎の問いかけが唐突だったためか、一瞬、礼奈は何を訊かれているのか分からないようだった。

「ああ、今の貢太郎君の家のこと？　う｜ん……私は小さかったから、ほとんど覚えてないなぁ」

「お祖父《じい》さんに、訊いてみてくれない？　できれば、これまでに住んでた人たちのこと」

「えっ、みんな？」

「詳しいことはいいから。そうだなぁ、名字と何人家族だったかくらい」

もちろん目的は、その中に神津という人がいなかったか、それだけである。

「訊くのはいいけど……」

なぜ、そんなことが知りたいのか疑問に思いながら、先程の気まずさを思い出し口籠《ごも》ってしまったのだと、貢太郎には分かった。

「あれだけの家に、お祖母ちゃんと二人だけだろ。何だか落ち着かなくて。それで前に住んでいたのは、どんな家族なんだろうって考えたら、妙に知りたくなってさ」

どうしようもなく嘘臭いとは思ったが、他に適当な口実が思い浮かばないので仕方ない。ただ、とても納得したとは見えない礼奈が、それでも微笑みながら承諾してくれたので一応ほっとした。

「ところで、この森は？」

再び気まずくならないように、すかさず新たな話題を口にする。そこには実際、鎮守の森のことを教えてほしいという気持ちもあったので、彼が心配するほど不自然な口調にはならなかった。

「ここは、上総《かずさ》の森って呼ばれてて――」

礼奈に確かめると、やはり〈上総〉と書くらしい。もちろん彼が国語辞典で調べた昔の国とは関係なく、そういう名字の地主がいたのだという。

「盂怒貴《うぬき》町一帯の土地が、ぜーんぶ上総家のものだったんだって」

「へぇ、大地主だったわけか」

「ところが戦後になって、ほら、農地改革があったでしょ」

そう言われても今一つ貢太郎にはピンとこなかったが、「あぁ、うん」と適当に頷《うなず》いておく。どうせ彼女も祖父から聞いたに違いない。

「それで次第に没落しはじめて、土地も徐々に切り売りするようになって、最後に残ったのが上総の森だけだったらしいよ」

「上総家の人たちは、どこに行ったの？」

「さぁ……。先祖は千葉の方の出身だっていうから、そっちに戻ったのか——」

「えっ、そうなの？」

だとすれば上総という名字も、元々は昔の国の名からきていることになる。

「でも、家が傾くに従って、人も減っていったっていうから。最後に零落《おちぶ》れた当主だけが二丁目かどこかに住んでて、晩年は、よくこの森へふらふら入って行く姿を見たって、お祖父ちゃんが言ってた。そのころには、少しおかしくなってたって」

口にしている内容とは裏腹に、礼奈が可愛い仕草で自分の頭を指差す。

「これって、やっぱり鎮守の森かな？」

「ううん、屋敷神だって」

「やしきがみ？」

「上総家が祀《まつ》ってた神様らしいの。昔はね、そんな大きな地主の家とかだと、敷地内に神様の祠《ほこら》を建てたりしたんだって」

「そうか。この森も上総家の土地だったんだ」

「というより、庭の延長に森があるっていう感じじゃない」

前にテレビで観たイギリスの貴族のようだ、と貢太郎は感心した。

「あっ、そうだ。そう言えば、あの化物屋敷の上野家って、元々は上総家の遠縁に当たるとかどうとか……っていう話だったんだ」

「ふーん」

「それで、そのことを笠《かさ》に着て、町内でも威張ってたらしいの。自分たちは特別だ、普通の人とは身分が違うんだ、っていう嫌な感じで」

礼奈がたまに難しい言葉や言い回しを使うのは、きっと祖父の影響なのだろう。何となく意味は分かるので、まだ今のところは困らなかったが。

「最後に残った当主の人も、もう死んでていないいんだろ」

「そうね。何十年も前の話だから」

「それで、上野家の人もいないとなると、今は誰が森の神様をお祀りしてるんだろ」

「してない……と思う」

「えっ……そうなの、神様なのに？」

「私もよく分からないんだけど、どうも触らぬ神に祟《たた》りなし、っていうのが大人たちの態度みたいで――」

またしても声を潜めただけでなく、さらに貢太郎へと身を寄せながら、

「実は二度ほど、この森の木を切り払おうとしたことがあるんだって。ところが、そのたびに工事の人が怪我をしたり、病気になったりしたらしいの。それで誰も寄りつかなくなって、自然と放っておくようになったみたい」

森を含む町並みの風景を目にしたとき、なぜ既視感を覚えたのかは未《いま》だに分からなか

ったが、この森の前に佇《たたず》んだ際に感じた怖気《おぞけ》が、決して単なる気のせいではなかったことを知り、貢太郎は改めてぞっとした。

そのとき、生川家の方から礼奈の名を呼ぶ声が聞こえた。見ると、彼女の母親らしい女性が庭で手招いている。

「あっ、そうだった」

何か思い当たることがあるのか、礼奈は慌てた様子で、

「ごめん、ちょっと待っててくれる。すぐ戻って来るから」

貢太郎に断わると、急いで家の中へと姿を消した。おそらく母親に言いつけられていた用事でも思い出したのだろう。

（それにしても、とんでもない町に来たなぁ）

元上野家の化物屋敷が発している禍々《まがまが》しさと棟像家で覚えた薄気味の悪さ――だけでも充分に忌まわしいのに、得体の知れぬ異様な存在感を醸し出す、こんな森までが町外れにあるのだから、なおさらである。

（しかも、これだけ無気味な森なのに、町のみんなは無視してるみたいだし）

それは非難というよりも感心であった。この圧倒的な存在をよく無きものとして生活できるなと、貢太郎は素直に驚いたのである。

（もっとも町の人にとっては、何の役にも立たない森に過ぎないのかも……）

そう考えると現金なもので、まるで自分だけ怖がっているのが、何だか莫迦《ばか》らしいと

いう気が少し起こった。

　舗装された道が土の地面へと変わる町と森の境目に、古びて朽ちた木の杭《くい》が何本も刺さっていた。かつては杭から杭に鉄条網が張り巡らされていたらしく、その残骸《ざんがい》が数本ほど残っているのが分かる。ただ、それらはすべて、なぜか途中から断ち切られているように見えた。こんなものが自然に切れるはずはないのに。

　つまり一本として、杭と杭の間に延びている針金がないのだ。しかも長い年月の結果そうなったわけではなく、何者かの意思により、まるで結界が破られたかのように映る。

（でも、これじゃ全然、柵《さく》の役目を果たさないじゃないか）

　貢太郎は首を傾げたが、少なくとも今、参道が塞《ふさ》がれている様子はなかったので、森への出入りが禁じられているわけではないのだと、自分に都合良く判断した。

　周囲を見回して誰もいないことを確かめると、彼は恐る恐る石畳の参道へと足を踏み入れてみた。もちろん森の奥へ入り込む気など、さらさらなかった。ただ、斜め左へ延びた道が右手に折れている地点まで行って、そこから奥をちょっと覗《のぞ》いてみよう。そう思っただけである。

　ところが、肝心の曲がり角まで進んでみると、右に折れて延びた参道が、その先で今度は左手に曲がっているのが分かった。まだ先があるのだと好奇心を刺激されたが、さすがにそれ以上は進むのをためらう。

　なのに奥へと続く参道を見つめていると、ふっと引き込まれそうな不安を覚える。そう言えば上総家の最後の当主は晩年、頭がおかしくなって、この森にふらふらと入る姿を目撃されたというではないか。

貢太郎は奥へと消える参道から無理に視線を外すと、回れ右をして森の入口へと早足で戻った。が、参道から出ようとしたところで、ちょうど小久保家の庭へと出て来た、あの怪老人の姿が目に入った。

幸い向こうは、まだ彼には気づいていない。しかし目に留めれば、老人は話しかけてくるに違いない。それも訳の分からない薄気味の悪い話を。

ならば一層《いっそ》こちらから訊《き》いてみようか、小久保老人であれば自分の知りたいことを教えてくれるのではないか、と彼は考えた。だが、そもそもまともに話ができるのかどうか、かなり心許《こころもと》ないことに気づく。むしろ厄介な事態を引き起こし兼ねない。

そう考え直した彼は、仕方なく森に身を隠すことにした。しばらく待てば礼奈が戻って来る。それまで辛抱しようと決めた。

もし、そのまま大人しくしていれば、町の方を向いていれば、何も起こらなかったに違いない。なのに貢太郎は振り返ってしまった。

目の前には石畳の参道が、左へ傾きながら延びている。昼間と雖《いえど》も薄暗い森の奥へ、すうっと吸い込まれるように続いている。

気がつくと貢太郎は、再び曲がり角にいた。歩いたという明確な意識もないままに、参道を辿《たど》っていた。そうして右手へと折れた石畳の先の、さらに左へと消えている参道の行く手に、いつしか想いを馳《は》せていた。

彼としては参道の奥に何があるのか、それを確かめたいだけだった。ちらっとでも目にすれば、おそらく満足するはずだった。

後ろを振り向くと、まだ東四丁目の町並みが目に映る。だが、この角を曲がると、もう上総の森の中へ入ったのも同じになる。いや、今でも足を踏み入れていることに変わりはない。ただ辛うじて町並みと、平穏な日常と、自分は切り離されていないという意識があった。

後方の町の風景と前方の参道の曲がり角を、あたかも見比べるかのように、貢太郎は交互に何度も見つめた。より不安と恐怖を感じるのは、もちろん後ろよりも前に対してだった。しかし同時により好奇心を刺激されるのも、厄介なことに前方だった。

深い山奥の原生林に分け入るわけではないのだから、迷って出られなくなるはずもない。苔《こけ》むしているとはいえ、足場のしっかりした参道も通じている。何かあれば百八十度向きを変えて、この上を走って逃げればすむことではないか。

(少しだけ……。この道の奥に何があるのか、それを見るだけ……)

自分に言い聞かせると、貢太郎は禁断の一歩を踏み出してしまった。

そのとたん、周りの空気が一変した。それまで感じられた風の流れが、ぴたっと止まった。参道の左右には最初から、鬱蒼《うっそう》と茂った樹木の群れが続いている。それが角を曲がった瞬間、ぐぐぐっと自分の方に押し寄せてきたように、彼には見えた。最早《もはや》、町中に残る鎮守の森に入っているという感覚ではなく、まるで広大な富士の樹海の直中《ただなか》に迷い込んだような気分だった。

それでも貢太郎が引き返さなかったのは、延びた参道の先に見える曲がり角の、その向こうに存在する未知の世界に、すっかり魅せられていたからだろう。

二つ目の角まで進んだ彼は、まず恐る恐る首だけを道の先へと出してみた。しかしながら延びた石畳の先には、またしても行く手で右へと折れている光景がある。

思ったよりも奥深いことを知り、少しだけためらう気持ちが芽生えた。だが、結局そのまま歩を進めると、たちまち薄闇が濃さを増し、さらに空気が重くなったうえ、一切の物音が断たれたような感覚に陥った。

森に入る前も静かだったとはいえ、町の気配が微《かす》かな音となって、彼の周囲には満ちていた。それが今、気味が悪いほど無音の状態になっている。町中に鎮座するとはいえ、これほどの森であれば鳥や虫、それに獣などが棲息《せいそく》していてもよいはずなのに、まったく何の気配もせず、何の物音も聞こえない。あたかもこの森の中にいる生き物が、棟像貢太郎という人間の子供だけであるかのように……。

そんな周りの急激な変化に、ともすれば押し潰《つぶ》されそうな恐怖を覚えながら、彼は参道を進んだ。そうして三たび、恐る恐る目の前の角を折れた。が、そこには既に見覚えのある光景と同じものがあった。曲がった角から延びた参道が、その行く手で再び左手へと消えている眺めが、またしても出現した。

一体どこまで続くのかという不安を感じたところで、くねくねと何度も参道が曲がっているのは一種の罠《わな》ではないか――という唐突な考えが貢太郎の頭に閃《ひらめ》いた。

もう少し、あの次の角まで、後一回だけ曲がってみて……そう思っているうちに、ずるずると森の奥まで引きずり込まれ、戻ろうとしたときには手遅れになっている。しかも実際には、とっくに森を抜けて反対側の町へと出るほどの距離を歩いているのに、自分の身は依然として森の中にある。つまり知らぬ間に、この森に囚《とら》われてしまう仕掛けが、罠があるのではないか。

いつしか貢太郎の両足は震えていた。満足に歩けないほど足腰に力が入らない。

とにかく今、見えている角を最後にしよう。あそこを覗いて同じ光景が見えれば、そのときは一目散に走って逃げよう。とりあえず決心することにより、辛うじて参道を歩むことができた。

ようやく石畳が左手へ折れる、手前まで来たところで彼は立ち止まった。これまでに曲がった地点の鋭角さに比べ、折れる角度が緩いように見える。

「もしかすると――」

思わず声を発しながら、期待と不安の交ざった複雑な気持ちで、恐る恐る参道の先へと顔を出す。

目の前には、相変わらず同じ石畳が続いていた。ただし、斜めに進むことなく真っ直ぐに延びている。そして、その先には池があった。周囲を雑草で覆われ、濃い緑色の水を湛《たた》えた小さな池が、参道の果てに待っていたのである。

いや、それだけではなかった。参道が終わった地点から朱塗りの橋が延び、池の中心に浮かんだ小島へと通じていた。しかも、島の真ん中には神寂《かみさ》びたような小さな祠《ほこら》が、ぽつんと祀《まつ》られているではないか。

それら全てが、まるで箱庭のように感じられた。現実に存在する世界だと認識しながら、どこかで違和感を覚えてしまう奇妙な空間である。

行く手には明らかに町とは違う、かといって森ともまったく違う空気が流れていた。そこからは冷え冷えとしつつも静謐《せいひつ》で、しっとりとしながらも重厚な、何とも侵しがたい雰囲気が感じられる。だが同時に、ふらふらっと思わず引き寄せられるほど魅惑的で、しかし一度でも触れると後戻りできない蠱惑《こわく》的な、そんな陥穽《かんせい》に充ち満《み》ちた場にも映ってしまう。

小さな池の中の小さな島の上の小さな祠――を目にするやいなや、貢太郎は道中で覚えた恐怖心を忘れるほどの興奮に見舞われた。ここが上総の森の中心であり、そしてあれが上総家の屋敷神なのだと悟ったからだ。

もしかすると礼奈でさえ、ここまで入って来たことはないかもしれない。そう思うと、自分が何かとてつもないことを、もう少しでやりとげられそうな気になった。たちまち益々《ますます》の興奮を覚え、えも言われぬ高揚感に包まれる。

はやる心を抑えながら、彼は残りの参道を辿り出した。

ところが、池へ、島へ、祠へと近づくにつれ、消え去ったはずの恐怖心がふつふつと蘇《よみがえ》りはじめた。

（な、何だ……ここは？）

池だと思ったのが、次第に沼のように見えてきた。それも濁って泥濘《ぬかる》んだ底無し沼である。参道が終わった地点から島へと架かる木造の朱色の橋は、汚らしいくらい朱塗りが剝《は》げていた。そのうえ渡れば、すぐに崩壊しそうなほど朽ちている。

さっきは遠過ぎて、よく見えなかったのかと考えたが、そうではないとすぐ分かった。例えるなら、綺麗《きれい》に見えたので近くまで寄ってみた草花が、たちどころに醜悪な人喰《ひとく》い花と化してしまった、とでも言うしかない。つまりは妖《あや》かしである。そしてその極めつきが、何とも異様な祠の姿だった。

小さな祠は、少なくとも一度は徹底的に破壊しつくされ、その後で修理を施したように見えた。ただし、祠に向けられた狼藉《ろうぜき》の壮絶さに比べると、復元にかけた意欲が極めてなおざりであったことは、子供でも見て取れるほどである。そう、まるで仕方なく直したかのようなのだ。

そのせいだろうか、適当な修繕の後ずっと放置されていたに違いない祠からは、何とも禍々《まがまが》しい気配が漂ってくる。

頭のおかしくなった上総家最後の当主の仕業かと考えたが、長年にわたって信心してきた屋敷神である。いかに零落して自暴自棄になったからといって、ここまでの乱暴な行為をするだろうか。ある程度の年月が経っているにもかかわらず、凄《すさ》まじいばかりの狂気の痕跡《こんせき》が今なお認められるほど、祠は一度徹底的に壊されていた。

きちんと祀っていたのに不幸になったため、それで神様を恨んだ可能性はあるかもしれないが、どうも納得がいかない。

ただ、その狂った暴力によって祠に封じられていた何かが、あまりにも忌まわしいあるものが、あたかも解き放たれてしまったように感じるのは、なぜだろう。そうとでも捉《とら》えない限り説明のつかないほど無気味な、ぞっとするおぞましい雰囲気が、辺りに充ち満ちているからだろうか。

来るんじゃなかった……と貢太郎は心底から後悔した。参道を辿って森の中を歩いていたとき、確かに怖い思いはしたが、この奥には何があるんだろうという好奇心もあった。だから悪寒に身を震わせながらも、決して恐怖心だけに囚われていたわけではなかった。

しかし、ここにあるのは、救いようのない絶望、理不尽なまでの優越、底無しの悪意、圧倒的な狂気、身の毛もよだつ憎悪、あまりにも身勝手な殺意……。

もちろん貢太郎が、そういったものの一つずつを具体的に想起できたわけではない。ただ、彼は感じ取っていた。いや、否《いや》も応も無しに感じさせられていたのだ。

いつの間にか辺りには、白っぽい霧のような、靄《もや》のようなものが、ゆっくりと漂い広がりはじめている。しかも、その白っぽいものは、祠の中から出ているように見えた。

内部で溜《た》まりに溜まった恐ろしい毒気が、まるで吐き出されているかのごとく、まず島を、次いで池を、白い粒子で徐々に包み込んでゆく。

やがて霧のようなものが、ふわっと参道の方へと流れ出してきた。

貢太郎は慌てながらも、とっさに二、三歩ほど後ずさりした。なぜかは分からないが、その白い粒子の中に、少しでも我が身を浸すべきではないと感じたからだ。だが、そんな彼をからかうかのように、霧がふわっと近づいて来る。再び数歩ほど退《しりぞ》く。その後に、また霧が押し寄せる。三たび下がる。すぐに霧が迫って来る。

(に、逃げなきゃ……)

そう思いながらも、ともすれば足元まで忍び寄る霧からなかなか目が離せない。背中を向けたとたん、ふわっと一気に襲われるような恐怖に駆られる。

と、前方の霧の中で、何かが蠢《うごめ》いたように見えた。

どれほど参道を下がったのか、彼にも分からなかったが、まだ大して池から離れていないはずである。となると霧の中で揺らめくそれは、島の上に、祠の辺りに、いるらしいという見当はつくのだが……。

そのとき、貢太郎の足元に物凄《ものすご》い震えが起こったかと思うと、あっという間に脳天まで駆け上がった。慌てて下を向くと、霧が足首を浸していた。しかも両足を伝って這《は》い上がろうとしているように見える。

「あ、あぁ、ああ……」

意味もなく口から声が漏れた。叫びたいのか泣きたいのか、それとも嘔吐《おうと》したいのか、彼自身にも分からない。

ぎぃ、ぎぃ……。

そのとき妙な物音が聞こえてきた。思わず歯が疼《うず》くような不快な音は、どうやら前方の霧の中でしているらしい。

ぎぃ、ぎぃ、ぎぃ、ぎぃ……。

よく耳を澄まして聞いていると、それは古くなって朽ちた、今にも踏み抜きそうな木の板の上を、まるで誰かが歩いているような物音だった。

とっさに貢太郎が回れ右をし、辿《たど》って来た参道を一目散に逃げようとしたとたん、

ぴたっ、ぴたっ……。

背後から新たな物音がした。朽ちた朱塗りの橋から霧で濡《ぬ》れた石畳の参道の上へと、あたかも得体の知れぬものが、こちらに向かって足を踏み出したような、そんな忌まわしい物音が……。

後ろに何かがいる……。

貢太郎が背中一面で、それの気配を探っていると――、

ぴたっ、ぴたっ、ぴたっ、ぴたっ、ぴたっ……。

急にそれが自分の方へと迫って来た。

「わあぁっ！」

ようやく叫び声が口からほとばしり、脱兎《だっと》の如く駆け出そうとして、足首に妙な異変を覚えた。

力が入らないのだ。まるで足首から下の骨すべてが、ぐにゃぐにゃに柔らかくなった感じである。霧に浸っていたのが原因かもしれないが、どうすれば治るのか分からない。しかし今は、とにかく逃げなければならない。

貢太郎は必死に走ろうとした。でも、それは深い泥濘《ぬかるみ》の中で駆け足をするような、もしくは全力で走った後で、またすぐ走り出そうとするような感じだった。気ばかりが焦って、その割には前に進めないという地獄のような状態である。ただし、明らかに本物の地獄よりも恐ろしいと思われるものが、後ろに迫っていた。

（駄目だ。まずは霧から逃れないと）

無理に走ろうとすればするほど結果的に歩みが遅くなり、そのため霧に追いつかれ、いつまで経っても足首が恢復《かいふく》しないのだ。何とか冷静に判断を下した彼は、勇気を振り絞って立ち止まると、改めてゆっくり歩を進めた。

ぴたっ、ぴたっ、ぴたっ……。

背後の気配が、さらに近づいて来る。思わず走り出しそうになる。それを必死にたえる。まだ大丈夫だと自分に言い聞かせる。蝸牛《かたつむり》のような歩みながらも、確実に一歩ずつ前へと進むようにする。

ずっずっと石畳をする自分の足音と、ぴたっぴたっと後ろに迫るそれの音とが合わさり、気味の悪い音色となって響いている。己が踏み締めた参道の石板の上を、すぐ後からそれが辿っているのだと思うと、まるで直《じか》に触られたような気分になり、たちまち二の腕に鳥肌が立った。

直線の参道が、とてつもないほど長く感じられる。曲がり角までの距離が、まったく縮まらないように見える。あの角に達する前に後ろの何かに追いつかれて転倒する、そんな自分の姿を幻視してしまう。

もう立ち止まって蹲《しゃが》み込み、すべてを終わりにしたいという気持ちが、ふっと心の中に忍び込む。慌てて、弱気になったらお終《しま》いだと自分を叱咤《しった》する。幸い足も段々と元に戻ってきている。きっと逃げられる。さらに己を鼓舞したところで、彼は背後の変化に気づき、自然に立ち止まっていた。

いつしか目の前に延びる参道も、残り三分の一ほどになっている。はっと足元を見下ろしたが、霧が纏《まと》いつく様子もない。それどころか後ろのすべての気配が、綺麗に消え去っていた。気味の悪い足音も聞こえない。

何が起こったのか気になったが、さすがに振り返れない。しかし、確かめる必要がある。そう思って振り向こうとした瞬間、微《かす》かではあったが妙な空気の動きを背後に感じて、衝動的に残りの参道を逃げ出していた。

ほとんど同時に自分のすぐ真後ろで、何とも表現しようのない物凄く気色の悪い物音がした。気のせいか厭《いや》な臭いが漂ったようにも感じた。それが何の音で、何の臭いかは分からなかったが、今もそこに留《とど》まっていれば、自分がただではすまなかったに違いないと、それだけは理解できた。

貢太郎の脳裏には、立ち止まった自分の背後で、すべての気配を消し去ったそれが、まさに彼へ覆い被《かぶ》さらんとしている、そんな光景が浮かんでいた。あの一瞬の間は、そのための溜めだったのかもしれない。

ただ、その僅《わず》かな時間が、彼には有利に働いた。まだ走ることは無理だったが、先程までとは比べものにならないほど歩調が速くなっている。

これなら逃げ切れる、という希望が出てきた。直線の参道も、もう残りはわずかである。足も動かし続けているうちに、徐々に恢復しているように感じられる。

ひたっ、ひたっ、ひたっ……

と突然、背後の足音が変わった。石畳の上を一歩ずつ踏み締めていたような気配から、まるで走り出したかのような変化である。

「うわあぁぁっ!」

今まで以上の恐怖を覚えた貢太郎は、思わず叫び声を上げると、持てる力のすべてを出し切るつもりで走った。

真っ直ぐ延びた参道の先には、当たり前だが石畳の道が続いている。森の入口から浮き島までの全体の距離を目算すると、直線が終わってジグザグを描く参道へ入る曲がり角で、ようやく半分くらいだろうか。つまり逃げなければならない道程が、まだ半分以上も残っていることになる。ここで力を使い果たすわけにはいかない。それは分かっていたが、どうにもならない。頭で考える前に、身体が反応していた。ともかく今は、背後に迫るそれから逃れるだけで精一杯である。

ところが、無理をして走り出したお蔭《かげ》で、少しは恢復したと感じた足の調子が再び悪くなってきた。すると遠離《とおざか》ったと安堵《あんど》しかけた後ろの気配が、瞬く間に近づいて来た。首筋に冷気を吹きかけられているような、すうすうとした寒気を感じる。しかも、それが一気に強まり出した。

追いつかれる！

参道の曲がり角は、もう目の前だった。だが、ここで走る速度を落としたら、後ろの何かに憑《つ》かれると確信した。

一か八《ばち》か、貢太郎は前方に生える樹木の間の深い藪《やぶ》に狙いを定めると、そのままの状態で突っ込んだ。そして、深い草木がクッションとなって自分の身体を受け止めてくれたところで、素早く体勢を立て直すと、右手斜めに延びる参道を再び駆け出した。

するといくらも走らないうちに、後ろから追って来ていた気配が、またしても消えているように思えた。ただし油断はできないので、彼も立ち止まったりはしない。でも、確かに何かが近づいて来ているという空気が感じられない。

あのまま藪にぶち当たって、それで遅れているのかと思ったが、だとすると背後のそれは、自分と同じように生身の身体を持った存在ということになる。

島には誰もいなかった。祠《ほこら》から出て来たと考えると、とても小さな人になってしまう。けれど背後に感じた忌まわしいものは、もっと圧倒的な存在感があった。ならば沼のような池の中から上がって来たのだろうか。だが、そうであれば橋を渡る必要がなかったはずだ。やはり、あの祠から現れたとしか思えない。

このとき貢太郎の脳裏には、ぐにゃっとした不定形の吐き気を催すような何かが祠から這い出し、それが不自然な人の形へと次第に変化して、自分の後を追いはじめる光景が浮かんでいた。

そのうえ二つ目の角を折れたところで、そんな忌まわしい想像とはまったく別に、ある恐ろしい可能性について思い当たり、とっさに絶望的な気分を覚えた。

ひょっとすると後ろの何かは、参道を辿って自分を追って来ているのではなく、森の中を突っ切って先回りする気なのではないか――。

直線の参道が終わった地点から森の入口まで、石畳はジグザグを描いている。彼は今、その道筋に沿って走っている。しかし、もしそれが最初の角を曲がらずに、そのまま森の中へ突っ込んだのであれば、いずれ彼よりも早く何番目かの曲がり角へと辿り着くことになる。つまり先回りができるのだ。

そんなことをされれば、確実にそれの餌食《えじき》になってしまう……。

ただし幸いにも、すべての曲がり角に当てはまるわけではないと気づいた彼は、必死になって頭の中に参道の道筋を思い描いた。すると、もう目の前に迫っている三つ目の角と、森の入口に当たる参道の起点の二箇所に、その恐ろしい可能性があると分かった。とっさに三番目の曲がり角を折れるのが、たまらなく怖くなった。反射的に回れ右をしそうになり、慌てて思い留まる。

このままでは立ち往生する羽目になると考えた彼は、きっと自分の方が早いと己に言い聞かせ、果敢にも三つ目の角を曲がった。

そのとたん背後から、鬱蒼《うっそう》と茂った藪の中から、わあっと何かが躍り出て来る恐怖を覚えた。自分のすぐ後ろに、それが追いついて来る空気を感じた。首筋がすうすうとし、後ろから覆い被される圧倒的な戦慄に囚《とら》われた。

ところが、物音一つしない。耳につくのは、自分の足音ばかりである。

ついに彼は参道の途中で立ち止まると、恐る恐る振り返ってみた。しかし、森から飛び出て来るようなものは何も見当たらず、その気配すらない。

ひょっとするとあれは、あまり祠から離れられないのかもしれない。そう考えると、直線の参道が終わった辺りから、あのおぞましい感覚が消えたことの説明ができる。

「た、助かった……」

貢太郎が安堵の溜息《ためいき》を吐いて、残りの参道を辿《たど》ろうとしたときだった。

三つ目の角の向こう側から、ゆっくりと霧が現れた。石畳の上を這《は》うように、こちらに流れて来る。近づいて来る。迫って来ようとしている。祠から離れることにより歩調は鈍ったのかもしれないが、あれが参道を伝って確実に自分の後を追っていたことを知り、彼は震えた。

「……に、に、逃げなきゃ」

悠長に霧を見つめている場合ではなかった。霧の後から何が来るのか、わざわざ目の当たりにしたいとは思わない。

彼は脱兎《だっと》の如く走り出した。幸い残すのは、四つ目の曲がり角だけである。あそこを折れれば後は一直線に駆け抜けて、森から出られる。そこから先も追いかけて来るのかどうか分からないが、町へ入ってしまえば何とかなるだろう。

目の前に四番目の角が迫って来た。あまり速度を落とすことなく、それでも転倒しないように気をつけながら、貢太郎は最後の曲がり角を折れた。

前方に森の入口が見えた。

そこには毒々しいまでの西日を背にして、真っ黒な影が佇《たたず》んでいた。

絶対に貢太郎を森から逃がさないと言わんばかりに、それは立ち塞《ふさ》がっていた。

五　人喰い

（ああっ、やっぱり先回りされたんだ……）

一瞬、再び参道を戻ろうかと貢太郎は考えた。しかし、その選択はやはり有り得ない。ただ、かといってあの影へ、このまま突っ込んで行くのも自殺行為だろう。

後ろか前か、霧か影か、戻るか進むか……？

どう考えても影の方が本体に思える。よって、より怖くて危ないはずの対象を避けるために、ここは踵《きびす》を返すのが正しいのかもしれない。でも、そうすると森の奥へ逃げることになる。しかも後方からは霧が迫っている。あれに纏《まと》いつかれると足をやられてしまう。今度そうなったら、もう逃げられないかもしれない。そのうえ参道を戻ると、後ろから影に追われる羽目になる。霧で満足に身動きできなくなれば、あっという間に影には囚《とら》われるだろう。

だが、もしこのまま突っ込めば……、真っ黒な影さえやり過ごすことができれば……、その向こうは、すぐ町だ。森の奥へ戻るより、どう考えても助かる可能性は高い。

参道の途中に立ち止まったまま、こういった思考を貢太郎が巡らせたわけではない。

影を認めた直後には、もう判断を下して決心を固めていた。

直進すると見せかけて、左の藪に突っ込む――。

残り半分を切った石畳の参道を走りながら、彼はそんな作戦を立てた。小久保家の庭の東側と森とが、ほとんど接していたことを思い出したからだ。あの老人がろくに庭の手入れをしなかったお蔭で、上手《うま》くいけば敷地内に逃げ込めるかもしれない。怪老人の相手をする方が、どれほど増しであるか。そう思うと少しだけ勇気が湧いてきた。

とはいえ、どんどんと影が近づくにつれ、彼の恐怖心も段々と膨らんでゆく。視線は外しているものの、視界の中で影が大きくなる。真っ黒な部分が次第に巨大化する。影の占める範囲が徐々に拡大してゆく。

「わあああぁぁぁぁぁっ」

貢太郎は大声を上げながら、左手の藪に向かって突進した。

ところが、それと同時に何やら叫び声が聞こえたと思う間もなく、突如として影が行く手に立ちはだかった。

(ああっ、つ、捕まる!)

次の瞬間――、

「うわあぁ、止めろぉ! 離せぇぇ!」

影に抱きかかえられた貢太郎は、必死に身をよじり、無茶苦茶に暴れて逃れようともがいていた。

「ちょっと、君！　どうしたの？　ねぇ、どうしたのよ？」

　そのとき彼の耳に、意外にも人間の女性の声が届いた。思わず暴れるのを止め、自分を捕らえているものに目を向ける。

「大丈夫？　怪我はない？」

　何とも心配そうに自分を覗《のぞ》き込んでいる女の人が、目の前にいた。しかも眉《まゆ》をひそめながらも思わずぞくっとする綺麗《きれい》な顔立ちに、しばし彼は見蕩《みと》れてしまった。

「あっ、貢太郎君いたんですか」

　そこに礼奈の声が聞こえて、はっきり正気に戻ることができた。そのとたん森の入口の横に茂る藪《やぶ》の手前で、女の人に自分が半ば抱きすくめられているのだと気づき、慌てて身体を離した。

「この森の中に入ってたみたい」

　貢太郎を気遣うように見つつ、近づいて来た礼奈に女性が声をかけた。

「…………」

　彼女は一瞬はっと顔を強張《こわば》らせると、何かを口にしそうになった。しかし、急に思い直したかのように無理に笑みを浮かべ、

「戻って来たらいないから、帰ったのかと思って、貢太郎君の家まで行ったのよ」

「まったく反対の方向を捜してたみたいね」

　事情が分からないためか少し戸惑いつつも、女の人が応じたところで、わざとらしい

くらい礼奈が元気良く、

「この人が、さっき話していたシミちゃん！　彼は棟像貢太郎君といって、あそこの家に引っ越して来たばかりで、来月から私と同じ名護池中学に通うの」

それぞれの紹介をした。その後、改めて女の人が名乗ったので、下野の名前が詩美絵《しみえ》であり、なぜシミちゃんと呼ばれるのかも理解できた。

「で、どうしたの？」

二人の顔合わせを終えた礼奈が、貢太郎と詩美絵を交互に見つめながら首を傾げた。つい先程まで、詩美絵が森の前で彼を抱きかかえていたのだから、彼女が奇妙に思うのも無理はない。

「ここまで来たとき、森の中で物音がしたように思ったの。とっさに覗いてみると、誰かがこっちへ走って来る姿が見えて……」

そのときの状況の説明をしながらも、詩美絵の口調には迷いが感じられた。なぜ貢太郎が森から飛び出して来たのか、それが分からないため、彼女もありのままを口にして良いのか不安そうである。

「ところが途中から、こっちの藪に突っ込むように見えて……。それで、そのままだと怪我をすると思って、何とか止めようとしたんだけど……大丈夫だった？」

最後は貢太郎へと顔を向けると、詩美絵は再び心配そうに眉をひそめた。

「そう……。シミちゃんがいてくれて、ほんと良かったね」

言葉とは裏腹に礼奈の表情は複雑そうである。詩美絵も同様らしく、しばらく二人を見つめてから遠慮がちに、

「間違ってたら、ごめんなさい。もしかして二人は今、喧嘩《けんか》してるとか」

「えっ……あっ、そんなことない」

これには礼奈も驚いたのか即座に否定した後、少しだけ本物の笑みを浮かべた。もっとも、それは苦笑だったかもしれない。

「なら、いいんだけど」

詩美絵は微笑みを返したが、明らかに困惑している様子で、礼奈の笑みも消えかかろうとしている。なぜなら彼女たち二人が喋《しゃべ》っている間、当の貢太郎が一言も発していなかったからだ。

「じゃあ私、ちょっと吉祥寺に行かないといけないから」

それでも詩美絵は鞄《かばん》を抱え直すと、気を取り直したように口を開いた。

「これから？」

「うん。カリキュラムのことでね。ホーム・スクールに呼ばれてるの」

「今度は、明後日《あさって》だった？」

「そうね。礼治君には、たっぷり宿題を出しておいたから」

「はっはぁ、春休みだというのに大変だわ」

「そんなこと言ってられるのも、今のうちだぞ。礼奈ちゃんも三年生になる前の春から、

受験勉強をすることになるかもね」

「まだ二年も先だもの。それにそのときは、シミちゃんにお願いするから」

「はい。どうぞごひいきに」

ことさらに明るい二人の会話だったが、どちらも実は貢太郎を気にかけていることが、彼にも分かる。このまま立ち去るのが心残りなのか、詩美絵も用事があると言いながら礼奈との無駄話を続けている。

「ごめんね、もう行かないと」

しかし、さすがに時間がなくなったのか、すまなそうに礼奈に謝ると、

「じゃあ貢太郎君、また会いましょう。礼奈ちゃんのお兄さんの勉強を見る日以外でも、彼女とは遊んだりしてるので、良かったら君も一緒に――ね」

彼に言葉をかけ、礼奈に軽く頷《うなず》いてから歩き出そうとした。

「あ、あの――……」

そこで貢太郎が、ようやく声を発した。

「えっ？」

反射的に詩美絵が振り返り、きょとんとした表情ながら彼を見つめる。まともに視線を合わせ、彼はどぎまぎしてしまったが、

「……す、すみませんでした」

何とか、その一言を口にすることができた。

「あら、いいのよ。男の子だから、活発でなくっちゃね。礼奈ちゃんは行動力があるうえに面倒見もいいから、君みたいな友達ができて、きっと喜んでるわよ」

それに対して礼奈が何か言う前に、詩美絵は二人に手を振ると、駅の方向へと少し早足で去って行った。

「シミちゃん、綺麗でしょ」

いつまでも彼女の後ろ姿を見ている貢太郎の側で、礼奈が呟《つぶや》く。

「髪の毛だって、あんなにさらさらで……。だから長いストレートでも似合うのよね。肌にもソバカスなんかなくって、真っ白で……。お化粧なんかする必要ないんだもん」

天然パーマの髪の毛も顔のソバカスも、その人によっては充分チャームポイントになると彼は思ったものの、もちろん口には出さない。

「それに、すらっとしてるから格好良くて……。あんなに綺麗なのに、ボーイッシュな魅力もあると思わない？　あの長い髪も素敵だけど、短くすれば絶対に中性的な感じが強調されて、また別のシミちゃんが見られると思うんだけどなぁ」

どうやら下野詩美絵という女性が、礼奈にとっては憧《あこが》れの存在らしいと、そういうことには疎《うと》い貢太郎にさえ分かった。ただ彼女の次の言葉がなければ、いかに魅力的で一時は見蕩れてしまったとはいえ、彼にとって詩美絵を意識することなど、その後も一切なかったかもしれない。

「ただねぇ、髪の毛を短くすると、霊感が落ちるんだって——」

「ええっ、どういうこと？」

思わぬ貢太郎の反応に驚いたのか、礼奈が目を丸くしたまま彼を見返している。

「か、彼女には、シミちゃんには、れ、霊感があるの？」

「う、うん……」

興奮する彼に対し、礼奈は戸惑いを隠せないようである。

(もしかすると彼女は、森から出て来た僕に……いや、そうじゃない。その後ろに迫っていたあれの気配を、とっさに感じたんじゃないだろうか)

詩美絵は、保護した格好の貢太郎に対して「どうしたの？」と問いかけ、かつ礼奈には「二人は今、喧嘩してるとか」と訊《き》きはしたが、それ以上のことは何も尋ねなかった。礼奈に状況を説明するときも、どこか不安そうに見えた。

(あの人には、僕が何かから逃げていたのが分かってた？　ただし、その正体については、彼女にも不明だった？　もし、そうだとしたら……)

と考えた貢太郎は、

「シミちゃんが、この辺りで霊感を働かせたことってない？」

「この町で――っていう意味？」

何を言い出すのかという礼奈の口調だったので、彼は慌てて、

「あっ、いや、ほら……あの化物屋敷とか、あるからさ」

本当は上総の森と棟像家のことを訊きたかったのだが、礼奈に打ち明けるべきかどう

か、まだ迷いがある。

「そういうこと」

納得する素振りを見せつつ、彼女が自分の言葉を信じていないのが分かる。後ろめたさを感じたが、そんな気持ちが吹き飛ぶようなことを彼女が口にした。

「ただシミちゃん、ここに来ると鈍るんだって」

「霊感が？　つまり上手《うま》く働かなくなるってこと？」

「うん。何かに邪魔されてるような感じがするって――」

（森だ！　きっと上総の森が、彼女の霊感に影響を与えてるんだ！）

思わず上げそうになった声を呑《の》み込むと、貢太郎は心の中で叫んだ。

「ねぇ」

ひとりで興奮する彼の様子を、じっと見つめていた礼奈が、ためらいながらも好奇心の覗《のぞ》く口調で、

「森の中で、何か見たの……？」

貢太郎の全身の皮膚が、ぞわぞわわっと粟立《あわだ》った。

「だから貢太郎君は、それから逃げるために走ってたの？」

「ど、ど……」

どうしてそう思うのか、彼が訊こうとしたときだった。

「……また……はじまる……ぞ」

何とも陰気な囁《ささや》きが、二人の間に割って入った。

貢太郎がとっさに声のした方を見ると、小久保家の庭の東の隅に生える柿の木の後ろから、あの怪老人が顔を出していた。

(忘れてた。僕が森に入ったとき、家の中から出て来て――。ということは、一部始終を見てたのか……)

そう考えると何とも厭《いや》な気分になったが、すぐ老人の呟きに注意を引かれた。

(また？ はじまる？ 再び何かが起こるってこと？)

今度こそ何を言っているのかを質《ただ》し、ついでに昨日の言葉についても尋ねようと彼が思っていると、肘《ひじ》をつかまれた。

「こっち。私の家に行きましょ」

そのまま礼奈に引っ張られるように、生川家の庭まで誘導されてしまった。

「あのお爺《じい》さん、少し惚《ぼ》けてるの」

和風の家とは対照的な装飾紋様に彩られた鉄柵《てっさく》越しに、向かいの庭を窺《うかが》いながら、彼女が小声で教えてくれた。

「この話は、しちゃいけないって言われてるけど……」

次いで自分の家の方を振り返り、誰も二人に気づいていないのを確かめると、

「もう、かなり前らしいんだけど、あのお爺さんの奥さんがね、自殺したの」

「えっ……」

「お爺さんがおかしくなったのは、それからなんだって」

無理もないと貢太郎は思った。自分も両親を亡くしてから、精神的に幼くなったような気がしていた。それまではひとりっ子のせいか、どちらかというと大人びていたため、そのギャップには祖母も戸惑ったようである。

(交通事故でもそうなんだから、まして自殺となると……)

薄気味の悪い怪老人だと怖がったことに、彼は少し罪悪感を覚えた。

「家の中で自殺したの？」

「ううん。あの柿の木で、首を縊《くく》ったんだって……」

相変わらず老人が顔を出したままの、問題の柿の木を礼奈は指差した。

「…………」

老人に対して芽生えていた同情が、一気に消し飛ぶ。再び、いや、むしろ前以上に気持ちの悪い感情を覚えてしまう。

(奥さんが首を縊った木の側に立って、おそらく毎日なんだろう、ぶつぶつと訳の分からないひとり言を呟いてるんだ。あの爺さんは……)

それから、しばらく二人の間には沈黙が下りた。もう陽も沈もうという時刻、そろそろ貢太郎は家に戻らなければならない。祖母より先に帰っておかないと、いらぬ心配をかけるかもしれない。ただその前に、どうしても訊いておきたいことがあった。

「あのさぁ」

ところが礼奈も同じ思いらしく、ほとんど同時に二人は口を開いていた。

「あのねぇ」

その結果、少しの間だけとはいえ、お互い相手の顔に探るような眼差《まなざ》しを向け合う羽目になった。だが、すぐに礼奈がニッと笑い、それに釣られて貢太郎も笑みを返したお蔭《かげ》で、妙な雰囲気になることは辛うじて避けられた。

「あのさぁ、きっと二人とも相手に、森のことが訊きたいんじゃないかな」

礼奈の言葉に、彼がこっくりと頷《うなず》く。

「貢太郎君は上総の森について、さっき私が教えたこと以外に、まだ話があると思ってる。私は、森に入った貢太郎君が何かを見たか、聞いたか、感じたか、それを知りたがってる。違う？」

再び彼が、同意の印に首を縦に振った。それを見た礼奈は、ちょっと考えるような仕草をしてから、

「いいわ。それじゃ、私から話すね」

そう言うと、庭の隅の花壇の側に置かれた小さな椅子へと彼を促した。

「上総の森の昔話っていうか、歴史的な説明はさっき話した通りで、あれ以上は私も知らないの」

「でも、その後がある？」

貢太郎の問いかけに、今度は彼女がこっくり頷くと、

「私が生まれる前と、まだ小さかったころに一度ずつ、子供が消えたんだって」

「も、森の中で？」

「そう。二人とも隣町の子だったらしいから、あんまり森には注意していなかったんでしょうね」

「それって、誘拐とかじゃなくて？」

「警察は、その可能性も考えたみたい。ただ、子供が森に入るところを見た人がいたらしいの」

「その人たちは、どうして止めなかったんだろ」

「ひとりは新聞配達の人で、もうひとりは何かのセールスの人だったから。その子供たちと一緒で、森の噂を知らなかったのよ」

「それで、森の中は捜したの？」

「警察が隅々まで捜索したらしいけど、見つからなかったそうよ」

「それじゃ、二人はそのまま……」

「うん、消えてしまった」

　このとき貢太郎の脳裏には、あの霧のようなものに包まれ、呑み込まれる子供の姿が、ありありと浮かんでいた。下手をすると、自分が三人目になっていたかもしれない。そう思うと、いまさらながらにぞっとした。

「昔はみんな陰で森のことを、〈人喰《ひとく》いの森〉って呼んでたんだって」

次いで礼奈にそう教えられ、彼はさらに身を震わせた。

「改めて、あの森は危険だってことになって。そのときにも森の木を切り払おうとして、つまり二回目になるわけなんだけど――」

確かに礼奈は、森の木は二回ほど切り払われかけたと説明していた。

「やっぱり工事の人に、怪我人や病人が出て……。それで森の周囲に柵を作って、立ち入り禁止にしたらしいの」

「あの杭《くい》は、やっぱりそういう意味だったんだ」

「でもね……。柵を張り巡らしてから、町には変なことばかりが起きたらしくて」

「変なこと？　例えば……」

「小さな羽虫が大量発生したり、急に頭痛や吐き気を覚える人が増えたり、町内の犬や猫が気の狂ったように鳴き続けたり、夜になると森の方から気味の悪い『おうっ、おうっ』っていう声が聞こえると訴える人が出たり……一つ一つは小さなことなんだけど、そんな異常な出来事が立て続けに起こって。ところが、ある日お祖父《じい》ちゃんが柵を壊したとたん、その変なことが、ぴたっと止んだんだって」

「お祖父さんには、森のせいだって分かったのかな？」

「さぁ……。けど、それからあの森には一切手出しをしないっていうか、関わらない、完全に無視をするっていうのが、この町では当たり前になったわけ」

「それが、触らぬ神に祟《たた》りなし……か」

最初にこの言葉を聞いたとき、貢太郎は少し大袈裟《おおげさ》ではないかと感じたのだが、今では充分過ぎるほど実感できた。

「でもね、それだけじゃないの」

上総の森の恐ろしさが、ようやく分かった気になっていると、礼奈が話を続けた。

「私が小学校の低学年のとき、隣の市で小学生ばかりを狙った変質者が出てね」

「かぼちゃ男とかいう変なやつ？」

「あれも、ここの事件なんだけど、これは別の変態なの。で、そいつが子供の親に見つかって、それで警察に通報されたんで、こっちの方に逃げて来たのね」

「えっ、まさか――」

「そう。そのまま森の中に逃げ込んで……」

「消えた？」

「うん……。そのときは数人の警官が、犯人が森に入ったのを見てるし、それこそ数十人で森の中を捜索したらしいけど、どこにもいなかったって」

「けど、森を抜けて反対側に出ることは、不可能じゃないよね」

自分なら絶対にできないとは思ったが、貢太郎は訊《き》いてみた。

「それがね、そういった痕跡《こんせき》が一切なかったんだって。ほら、普段から誰も入り込んでないから、その男が少しでも森の奥に踏み込んだのなら、その跡が残ることになるじゃない」

「それがまったくなかった……」

つまり、あの池の周囲の木立と参道の両側の藪《やぶ》すべてにわたって、人間が足を踏み入れた形跡など少しも見当たらなかった、そういうことなのだろう。

「お祖父ちゃんが、一度だけ言ったことがある。あそこは人喰いの森というより、あの森の中を恐ろしい人喰いが、きっとうろついてるに違いないって」

六　奇現象

礼奈の話が終わり、貢太郎の番になったところで、彼女の母親が庭に顔を出した。

「礼奈、もう家に入りなさい」

「うーん……もうちょっとだけ」

「もうちょっとって――そんなこと言ってたら日が暮れる前に、貢太郎君がお家に帰れないでしょ」

「でも……」

何とも不満そうな表情を浮かべた彼女に、

「明日《あした》、ちゃんと話すから」

彼が小声で断わると、不承不承といった感じながらも頷いた。このまま母親に逆らっても結果は見えているのが、きっと分かっているからだろう。

「そのうちお昼ご飯でも、うちに食べにいらっしゃいね」

しかし、貢太郎を門の前まで見送った母親が、そんな誘いを別れ際にすると、

「それじゃ、明日は？」

仏頂面をころっと笑顔に変化させ、礼奈は早速その日取りを決めようとした。

「何も、そんなに急がなくても――。第一それに、貢太郎君のお祖母《ばあ》さんのご都合もあるでしょう」

「彼のお祖母さんは、カルチャーセンターの先生だから、お昼はお弁当なの」

「それでも、毎日じゃないでしょ？　お家にいらっしゃるのを知らずに、貢太郎君だけお昼に呼んだりしたら、どうするの」

「そのときは、お祖母さんもご一緒にって」

「だったら棟像さんのご都合の良い日を、改めて決めていただくのが一番でしょ。明日とかって急に言われても、向こうさんもご迷惑なの」

「そんな大袈裟なぁ」

他愛のない親子の言い合いだったが、いつまでも見ていたいような気が、ふと貢太郎はした。膨れっ面をしながらも、礼奈が本気で怒っていないことは分かる。せっかちな娘に呆《あき》れた様子を見せつつ、母親の顔に浮かんでいるのは苦笑である。会話だけ聞いていれば軽い親子喧嘩《げんか》のようだったが、そこには自然な温かみが感じられた。

「あ、あの――……祖母と相談して、またお邪魔します」

とは言うものの、自分が黙っているのも不自然だと考えた彼は、無難な台詞《せりふ》で場を収めようとした。

「そうね。お祖母さんには、うちはいつでも結構ですから、ご遠慮なさらずにどうぞって、そうお伝えしておいてね」

「いつでもいいんなら、明日でもいいじゃない」

母親の言葉に被《かぶ》せるように、でもさえぎらない程度に小声で礼奈が呟《つぶや》く。

「この子は、本当にまぁ――」

今度は母親も心底から呆れたように、娘を少し睨《にら》んだ。だが当人がニッと悪戯《いたずら》っぽく笑ったので、その眉間《みけん》に皺《しわ》を寄せた表情もすぐに笑顔へと転じた。

「一体まぁ誰に似て、こんなにわがままに育ったのか」

それでも苦言を口にしたのは、貢太郎の手前だったに違いない。

このとき急に、一刻も早く目の前の親子から離れたいという感情に彼は囚《とら》われた。つい先程までは、いつまでも眺め続けたいと感じていたのに。

「それじゃ、さよなら」

いささか唐突に、貢太郎は別れの挨拶《あいさつ》を口にした。

「あっ、貢太郎君。携帯の番号は？」

肝心なことを忘れていたとばかりに、礼奈が自分の携帯電話を取り出した。

「ごめん……持ってないんだ」

小学生の間は我慢する代わりに、中学生になれば買ってもらう約束になっていた。だが、この両親との約束を祖母は知らない。彼も今のところ言うつもりはないので、当分は携帯なしの状態が続きそうだった。

「そうよね。まだ必要ないわよね」

思わず下を向いた彼に、彼女の母親が取り繕うように言ってくれた。しかし、千葉の小学校でも友達の八割が持っていたため、やはり携帯がないと肩身の狭い思いをしてしまう。

「じゃ、さよなら」

貢太郎は一礼すると、足早に生川家を辞した。母親の存在や携帯のことで、もちろん礼奈に反感を覚えたわけではないが、今はひとりになりたかった。

それでも隣の大柴家を通り過ぎるとき、後ろを振り向いて手を振るべきだろうか、と思い迷った。まだ母娘《おやこ》が自分を見送っていると、背中越しに察したからだ。でも、そんなことをすると、きっと二人は仲良く手を振り返してくるだろう。

(あんまり見たくないな)

とっさにそんな風に思う。と同時に、まだ見送ってくれているのに気づきながら、それを無視しようとしている自分に対して、たちまち言い知れぬ嫌悪感を覚えた。

(情けないやつ)

ベーカリーすずのに達する手前で貢太郎は振り向くと、門の前に出ている二人に対して大きく手を振った。それから回れ右をして走り出した。そうすることで彼なりに、もう見送らなくても大丈夫だということを、礼奈と母親に伝えようとした。

家に着いたところで、彼は振り返った。だが、道が「く」の字に折れているせいで生川家の門は見えない。その光景に、なぜか少しほっとする。もっとも、それ以上に安堵《あんど》したのは、棟像家からは森の入口と小久保家が、まったく目に入らないという事実を改めて認めたことかもしれない。

貢太郎が玄関の扉に手をかけると、自分が出がけに施錠したままだった。どうやら祖母は、まだ帰っていないらしい。ポケットから鍵《かぎ》を取り出し扉を開けると、薄暗い家の中に入る。

三和土《たたき》を見下ろすが、やはり祖母の履き物は見当たらない。それでもスリッパに履き替えてすぐ、左手のリビング兼ダイニングキッチンを覗《のぞ》く。祖母が帰っていれば、夕飯の仕度をしているに違いない。でも、寒々とした暗がりが満ちているばかりである。

食堂の冷気に影響されたのか、彼は急に尿意を覚えた。トイレに行こうと廊下に戻ったところで、妙な物音がした。

立ち止まって耳を澄ます。けれど、何も聞こえない。

空耳かと思ったが、今からとても厭《いや》なことが起こるような、そんな忌まわしい予感を覚える。そのとたん身体がぶるっと震え、より尿意が増してしまった。慌ててトイレに入ろうとしたところで、再び物音が耳についた。

もう間違いなかった。でも、どこから聞こえるのか……。

少し開けた扉に手をかけたまま、貢太郎は動かずにじっと待ってみた。

ざっ、ざっ、ざっ……。

やがて右手の方から、微《かす》かに何かをするような音が聞こえてきた。

そこには祖母の部屋があった。やっぱり先に帰宅していたのだと思い、そのまま和室へ向かおうとして、彼は再び動きを止めた。

(ちょっと待てよ……。何かおかしいぞ)

玄関には鍵が掛っていた。三和土に祖母の履き物はなかった。今夜の夕飯は貢太郎の好物を作ると言っていたのに、材料らしきものが食堂に見えなかった。

ざっ、ざっ、ざっ……。

その間にも奇妙な物音は、和室の中から響いている。次第に大きくなっている。こちらへ明らかに近づいて来ている……。

ふと貢太郎の脳裏に、最悪の光景が浮かんだ。帰宅して和室で着替えをしていた祖母が急に倒れ、畳の上を這《は》って助けを呼ぼうとしている姿である。

「お、お——」

お祖母ちゃんと呼びかけながら、思わず和室に駆け込みそうになり、彼は辛うじて留《とど》まった。

ざっ、ざっ、ざっ……。

今やはっきりと聞こえるその音が、どうしても普通の物音ではないような気がしたからだ。もちろん祖母が倒れているとすれば、決して尋常な状態とは言えないうえ、もがき苦しんで出す音も普通ではないだろう。しかし、その場合は当然ながら、人間である祖母が立てている物音になる。だが今、彼の耳に響く摩擦音には、そういった人間臭さが少しも感じられなかった。まるで人外のものが齎《もたら》してでもいるような、何ともぞっとする歪《いびつ》さに満ちていたのである。

それでも貢太郎は、いつしか和室の襖《ふすま》の前まで進んでいた。後ろでカチャッという、トイレの扉が自然に閉まったらしい音がする。

ざっ、ざっ、ざぁ……。

それと呼応するように和室の中の物音が、ぴたっと止んだ。しかも襖のちょうど向こう側で……。

「お、お祖母ちゃん？」

万一のこともあるため、貢太郎は呼びかけてみた。だが、室内からは何の応答もない。しばらく耳を澄ましたが、寂としたままである。彼はためらいながらも、そおっと襖に右の耳を当ててみた。

（……………何も聞こえない）

襖から耳を離すと引手に指をかけ、少しだけ開けて室内を覗いてみようかと考えた。が、そのとき再び妙な音が聞こえてきた。

がりっ……がりりっ……がりがりっ……。

まるで襖の内側を、生爪が剝《は》がれるのも気にせずに引《ひ》っ掻《か》いているような、思わず鳥肌が立つほどの厭な響きだった。

引手にかけていた指を、とっさに離す。引っ掻きの怖気《おぞけ》を振るう振動が、襖から指へと伝わってきたからだ。それを少し指先に感じただけで、たちまち全身が瘧《おこり》に罹《かか》ったかのようにぶるぶると震え出した。

「お、お、お祖母《ばあ》ちゃん……」

自然に声音を震わせながら、なおも貢太郎は呼びかけた。絶対に違うとは思いながら、襖の向こうに祖母が倒れていて助けを求めている可能性も、まだ完全には捨て切れない。無気味な音が襖の下部から聞こえてくるため、なおさらである。

しかし、返ってくるのは不快感と怖気を覚えるおぞましい怪音ばかり……。

ひょっとすると、あまりに苦しくて声が出ないのではないか。

襖一枚をはさんで向こうにいるそれが、祖母ではないと感じているはずなのに、そんな考えが頭に浮かぶ。このまま逃げ出すわけにはいかない。かといって襖を開ける決心もつかない。和室にいるのは祖母ではない。でも、確かめる必要がある。

いきなり物凄《ものすご》い難問を目の前に突きつけられ、思わず立ちすくんだ人のように、貢太郎は和室の襖を見つめながら固まってしまった。

一体どうすれば良いのか。頭の中が真っ白で何も考えられない。今にも泣きわめきそうになったところで、あの不快感を煽《あお》る物音が、いつの間にか止んでいることに気づいた。

今が覗くチャンスかもしれない。そう思った彼が引手へ指を伸ばすと、がたっ、がたっ、がたっ、がたっ……。

突然、襖が揺れはじめた。地震かと身構えたが、音を立てて振動しているのは和室の襖だけである。

座敷の中から何かが出て来ようとしている……。

とっさに貢太郎は、五、六歩ほど廊下を後退した。

今すぐ勉強部屋に駆け込んで、祖母が帰って来るまで閉じ籠《こも》ろう。それが選択すべき正しい行動だと分かった。とっくの昔に尿意は感じなくなっている。そもそもトイレに入ろうとしたことさえ、彼は忘れていた。

和室に背中を向けるのが厭だったため、後ずさりで階段まで進もうとして、彼は襖の左端に妙な筋があるのに気づいた。最初は襖の縁が黒いからかと思ったが、右側に目をやっても肝心の縁そのものが見当たらない。そう言えば襖の揺れも、すっかり止んでいる。

首を傾げつつ、その真っ黒な筋に目をこらして、ようやく気づいた。襖が音もなく少しずつ開いているのだと……。

一瞬にして、ぞっと全身が粟立《あわだ》つ。

廊下はもう、すっかり薄暗くなっていた。しかし、少しだけ開いた隙間から見える座敷の内部は、忌まわしいほどに真っ暗だった。よって仮に、襖の向こうに何かがいたとしても、隙間がもっと広がらない限り認めることはできない。

まるで貢太郎側のそんな状況を察したかのように、真っ黒な縦の筋を作った程度で襖の動きが止まった。

知らずに留めていた息を、貢太郎は一気に吐き出した。何かの正体がどんなものであれ、今の状態では和室から出られないに違いない。そう考え安堵したからだ。

だがすぐに、まったく別の奇っ怪な現象がはじまる前触れではないかと思わず恐れた。とっさに身構える。

ところが、何も起こらない。薄気味の悪い物音もしなければ、再び襖が震え出す、または動き出すといった気配もない。そんな寂とした空気が流れる中で、ひょっとするとあの隙間からこちらを覗いているのでは……というおぞましい考えが、ふいに彼の脳裏に浮かんだ。

ただ覗くほど襖に寄っているのなら、ほんの一部でも見えないのはおかしい。そう考え直した彼は、真っ暗な隙間を凝視してみた。が、やはり何も認められない。

和室にいる何かが襖から離れたのかと思い、開けられた隙間の上から下まで、改めて彼が視線を送ったときだった。一番下の暗がりから這い出ようとしている、とても奇妙なものが目についたのは……。

それは枯れかけた怪奇植物の蔓《つる》にも、干涸《ひから》びた芋虫のごとき怪虫にも、化物が伸ばした気味の悪い触手の先にも、いかようにも見えた。ただ、その棒状のものが三本、四本と増えたところで、彼はあっと声を上げそうになった。ようやく人間の指だと分かったからだ。

自分の莫迦《ばか》げた恐怖心のために取り返しのつかないことをした、という後悔の念に囚《とら》われた彼の視線の先で、いつしか数本の指は皺《しわ》の深い老人の右手になっていた。

「お、お祖母ちゃん」

呼びかけながらも貢太郎は、一体どうすれば良いのか分からず、半ばパニックに陥っていた。最初から倒れている祖母を発見していれば、彼も迷わず一一九番に電話しただろう。しかし今の彼に、それを望むのは無理だった。

「お祖母ちゃん……」

彼は一歩、二歩と、祖母を呼びながら近づきはじめた。と、その声に応《こた》えるように、右手が必死に廊下へ這い出す動きを見せた。

貢太郎が近づくにつれ手首が、前腕が、肘《ひじ》が、上腕が、次第に少しずつ襖の隙間から現れ出した。

彼が進むと、腕も伸びる。彼が前に出たところで、腕も伸びる。彼が一歩を踏み出すと、腕も伸びる。彼が側へ寄るたびに、腕も伸びる。彼が……腕も伸びる。……腕も伸びる。腕も伸びる。ずるっと腕も伸びる。ずるずるっと腕も伸びる。ずるずるずるずるずるずるっと腕が伸びる……。

いつしか蛇のような腕が、とても人間のものとは思えない長さの腕が、襖の隙間から彼の足元まで伸びている。

薄暗がりの廊下で、夕陽の微《かす》かな残照によって浮かび上がったその腕は、驚くほど人間の、それも老人のものにそっくりだった。もちろん異様な長さは別にして――。

祖母の手ではなかった……。

ようやく目の前の光景が、尋常ではないと認めることができたところで、貢太郎はそれを見下ろしたまま、ゆっくりとすり足で後ずさりをはじめた。音を立てないようにと思ったが、スリッパと床がすれて、すっ、すっという微かな摩擦音が耳につく。そのたびにそれの指が、ぴくっ、ぴくっと反応しているように見えるのは、気のせいではなさそうだった。

裸足《はだし》になることも考えたが、すり足にはスリッパの方が良いと判断する。ただし、本当に少しずつしかそれと距離が空かない。これ以上腕が伸びるのか知る由もないが、もっともっと離れる必要がある。

とはいえ、どれくらいまで下がれば大丈夫なのか。そう自問したところで、そもそもどこに逃げれば良いのかと焦った。

左手にある洗面所とトイレの扉は、ちゃんと視界に入っている。ただ、洗面所は腕のほぼ真横と言える位置のため、すぐ候補からは外れた。かといってトイレも、少し近過ぎるような気がする。扉を開けて閉める時間を考えると何とも危うい。

二階に駆け上がって勉強部屋に飛び込む自分の姿を思い描いたが、たちまち階段の途中で腕に足首をつかまれて、引きずり下ろされる光景に変わった。

玄関から外へ逃げるしかないと決めたとき、床の上で大きく滑ったスリッパが妙な物音を立てた。考えるのに必死で足元がおろそかになっていて、思わぬ力が入ったらしい。

次の瞬間、まるで蛇が鎌首を持ち上げるように、むくっと腕が身を起こした。

そのおぞましい光景を目にするや否や、貢太郎は回れ右をして駆け出しかけた。が、またもやスリッパが滑り転倒した。

つかまれる！　と慄《おのの》き思わず身をすくめる。と同時に身体の上の方で妙な空気の動きを感じ、すぐに何が起こったのかを察した。

貢太郎が立っていた空間を目がけて、きっと腕が伸びたのだ。だがタッチの差で彼が転んだため、腕は空を切ることになり偶然にも助かったらしい。一瞬で状況を理解した彼は、この僥倖《ぎょうこう》を無駄にしなかった。すぐさま脱兎《だっと》の如く駆け出した。

するると彼を追って、ぐぐぐぐっと腕が伸びはじめた。もちろん彼には見えるはずもなかったが、何とも言えぬ厭《いや》な気配が首筋の後ろにまで迫って来ている！　それは否応《いやおう》なく実感できた。大して余裕はないのだと、身をもって悟っていた。

よって廊下を和室とは反対方向へ逃げながらも、玄関から外へ出るルートは即座に捨てていた。玄関扉が内開きだったからだ。手前に引いて扉を開ける間、三和土《たたき》で数秒とはいえ費やすことになる。その数秒が命取りになりそうに思えた。そうなると残る逃げ場は、真正面に見えているリビング兼ダイニングキッチンしかない。

食堂の扉は内開きだった。つまり室内から見て外に当たる廊下より入る彼にとって、動作としては扉を向こう側に押すことになる。しかも扉の開閉は左右にノブを回すのではなく、取っ手を下げる方式だった。だから、このまま突っ込みながらも取っ手を下げると同時に扉を開け、逃げ込むことができる。

駆け出してから正面の扉に辿《たど》り着くまでの数秒間で、目紛《めまぐる》しく頭を働かせた貢太郎は、ほとんど速度を緩めることなく扉に突進していった。そして先に右手を伸ばして取っ手をつかみ、次いですぐに下げ、扉が室内へと動くのに合わせて身体を素早く入れると、瞬時に後ろ手で閉め――、

ばんっ！

扉に背中をつけて押さえたとたん、ちょうど首筋の真後ろ辺りの扉の反対側で、何かがぶつかる物凄《ものすご》い音がした。それが彼の脳裏には、五本の指を広げた掌《てのひら》が、扉の外側に当たっている光景として浮かんだ。

「……助かった」

安堵《あんど》して呟《つぶや》いたのも束の間、今にも扉をばんばんと打ちつける音が響くか、取っ手をガチャガチャと揺する感触が伝わるか――と、すぐ身構える。が、扉の向こうは静かだった。まったく何の物音も聞こえず、何の気配も感じられない。

消えたのかと思いたかったが、こちらの様子を窺《うかが》っているのかもしれない。生憎《あいにく》この扉には鍵《かぎ》がなかった。かといってテーブルでバリケードを築こうにも、それには扉から離れる必要がある。しばらく様子を見るしかない。

扉に背中を押しつけ取っ手を握った状態で、貢太郎は室内を見回した。もうすっかり日が暮れたようで、食堂の中は真っ暗である。もっとも薄暗い廊下に長くいたため、彼の目が慣れるのも早かった。だからといって見るものなど、特に何もなかったのだが――。

全体の三分の二を占めるリビング兼ダイニングの空間には、食事をするためのテーブルと四脚の椅子、場違いなほど小さく見えるテレビだけしかなかった。本来であれば室内の左手の壁に大型テレビやオーディオセットや飾り棚などを据え、その手前に応接セットを配置し、真ん中にはテーブルと椅子を設《しつら》え、右手はキッチンというのが、この部屋のあるべき眺めなのだろう。だが祖母と孫の二人だけの家族に、そこまでの調度をそろえる必要も、また余裕もあろうはずがない。

ただし、そのために室内が寒々としているのは事実だった。せめてテーブルと椅子が大振りで見栄えのする代物であれば、もう少し印象は変わっていたかもしれない。テレビにも同じことが言える。残念ながら室内の雰囲気と大きさに対して、それらは明らかに釣り合っていない。家族が団欒《だんらん》する場にもかかわらず、目の前の眺めはあまりにも侘《わ》びし過ぎた。

そんな光景を暗がりの中で――しかも背後には腕の化物が蠢《うごめ》いているかもしれない異常な状況下で――眺めていた貢太郎は、いつ泣き出してもおかしくない、何とも不安定な感情に囚われていた。

（ボロの借家だったけど、千葉の家の方が良かった……）

もちろん両親が健在だったころの家である。いや、仮に父と母が亡くなった後の家でも、この家よりは絶対に増しなはずだ。

とてつもない恐怖に見舞われたうえ、いたたまれぬ寂寥《せきりよう》感に包まれた彼は、その急激な感情の起伏に戸惑った。あふれそうになる涙が怖さからか哀しさからか、いずれからくるのか自分でも分からない。

泣くまいと顔をキッチンへ背けたところで、そこに祖母の姿を認めた……ような気がして、とても驚いた。

右手に位置するキッチンは、リビング兼ダイニング部分と同じ空間を共有している。ただ、その連続をあえて断ち切るためか、東側の壁際から西壁に向けて室内を横切るように、衝立《ついたて》てのような壁が設けられていた。東西の幅の三分の二ほどのところまで延びた壁が、完全にキッチン部分を隠しているのだ。

もっとも衝立ての壁の上部には長方形の切り込みがあって、料理をしていても家族の姿が見えるように工夫されていた。そこは出来上がった料理や食器などの受け渡しをする、一種の搬出口の役目も兼ねていたのである。

その長方形の切り取られた窓越しに、人影が見えた。ちょうど頭だけをキッチンから、こちらに出している格好である。

（やっぱり帰ってたんだ。それで夕飯を作るために――）

と思ったものの、すぐに有り得ないと首を振った。

玄関の鍵、履き物と食料品の有無、食堂の確認、和室の怪異、廊下の騒ぎ——といったことを仮にすべて差し引いても、明かりも点《とも》さずに誰が料理をするだろうか。それに第一あの人影は——、

（どこかおかしい……）

そう感じたのは、頭の位置だった。祖母がキッチンに立つ姿は昨日の昼と夕方、そして今朝と少なくとも三回は目にしている。いずれも衝立ての壁越しに、胸の辺りまでは見えていたはずだ。仮に腰を落としているのなら、かなり不自然な姿勢を取っていることになる。しかも、そのまま固まったように動かないのはなぜか……。

（あっ、違う。やっぱり変だ）

貢太郎は頭の位置の問題が、その上下ではなく前後にあるのだという事実に、ようやく気づいた。その人影がキッチンに立っているのなら、頭はもっと奥にあるはずなのだ。なのに今の位置は、あまりにも手前過ぎる。そこに立とうと思えばシステムキッチンの上に乗って、極めて不自然な格好で頭だけを突き出す必要がある。

だが、そんな風には見えない。まるで——そう、まるで切り取られた窓の縁に、ちょこんと首だけが置かれているように映っている。

本来は料理をしながら家族の様子を窺うキッチンの大きな窓から、生首らしきものが自分をじっと見つめている光景が、そこにあった。腕の化物から逃れたつもりが、実は

別の魔物の懐へ入り込んだだけだったらしい。

あの首が、先程の腕のように向かって来たら……と思うと、貢太郎は気が狂いそうになった。どうしようかと考えたが、何の妙案も浮かばない。おそらく悲鳴を上げながら蹲《しゃが》み込むか、思わず扉を開けて廊下に出てしまうか、どちらかだろう。だけど、いずれにしても助かりそうにはない。

物凄い絶望感に囚《とら》われたときだった。キッチンから物音がした。

今度は何だ……と半ば開き直るような、少し怒りさえ覚える気になったが、その気色の悪い音を耳にしているうちに、感情のすべてが恐怖に満たされてしまった。

ぺたっ、ぺたっ、びちゃ、ぺたっ、びちゃ……。

床の上を四つ足の獣が這《は》っているような、それも水浸しの、あるいは血塗《ちまみ》れの、床の上を歩いているような物音に聞こえる。

(まさか、こ、こっちに来るんじゃ……)

貢太郎は思わず右肩越しに、真横に顔を向けていた。

視線の先には、キッチンへの出入り口がある。もちろん扉などはなく、東面から延びた衝立ての壁が西面には達せず切れているだけだ。

彼は今、その何もない空間の暗闇に目をこらしていた。キッチンに入る通路を、一心に見つめていた。すると――、
ぺたっ、びちゃ、ぺたっ、ぺたっ、びちゃ……。

身の毛のよだつ音と共に、何か真っ黒いものが、システムキッチンの陰から姿を現しはじめた。

それは彼の想像通り、四つ足で進んでいた。人間が四つん這いになっているのかと思ったが、すぐに違うと分かった。かといって何なのか、どんな姿形をしているのか、なぜか上手《うま》く認識できない。最初は暗がりのせいかと考えたが、その影《シルエット》がとにかく異様なのだと改めて気づいた。

頭が二つ、前脚の奥に見える。本来なら顔があるべきところには、何もない。そして二つの頭のさらに奥、普通なら腹になるべき部分から尻尾《しっぽ》のようなものが垂れている。臀部《でんぶ》は少し盛り上がって、後ろ脚はよく見えない。

そんな異形の存在が、ゆっくりと近づいて来る……。

蛇のように長い腕の化物も怖かったが、まだ異様に伸びた老人の右腕だという認識ができた。しかし今、自分に迫っているものは、一体それが何なのかがまったく分からない。だから、よけいに恐怖を感じる。

びちゃ、ぺたっ、びちゃ、ぺたっ、ぺたっ……。

それは、もう衝立ての壁を越える地点まで来ていた。リビング兼ダイニング空間へ出て来ようとしていた。

さらにそれが近づいて来たところで、貢太郎はその正体が何であるかを悟った。ただし、知らない方が良かったと後悔した。未知の化物だったときより、皮肉にも恐怖が増してしまったからだ。

這い来るものとは、首無しの裸女だった。二つの頭に見えたのは豊かな乳房で、尻尾のようなものは、裂かれた腹から垂れた腸《はらわた》のように見える。もちろん衝立ての切り取られた窓に載っているのが、彼女の首なのだろう。

ただ妙なことにキッチンから現れた首無し女は、足取りがどこか覚束なかった。それに、なぜかテーブルの方へと進みはじめている。真っ直ぐ自分のところへ来るものと戦《せん》慄《りつ》していた貢太郎は、それで少しだけ希望を見出した。

もしかすると、見るべき目がないからではないか。そう言えば右腕の化物も、こちらが立てる音と気配を探っていたように思える。首無し女も右腕の化物も視覚を有していないため、きっと気配と物音だけが頼りなのだ。

とはいえ首無し女の場合、気になるのは生首だった。室内が暗過ぎて、あの首がこっちを向いているのかどうかは分からない。しかし、じっと見られているという厭《いや》な感覚がずっとある。

（生首が司令塔になって、首無し屍体《したい》を動かしてる）

ふと、そんな考えが浮かんだ。すると、それを証明するかのように、首無し女の向きが変わった。貢太郎の方へ、頭部のない首の切断面を向けたのだ。

そのとき――、
ガチャ、ガチャ、ガチャ。

突如として扉の取っ手が動きはじめた。辛うじて押さえていただけの貢太郎は、慌てつかみ直すと、渾身《こんしん》の力を込めて下げられないようにした。

（くそっ、まだ腕の化物がいたんだ）

廊下に出なくて正解だったと思ったのも束の間、こちらに向かって来る首無し女の姿が視界に入ってきた。

ぺたっぺたっ……ガチャガチャ……びちゃぺたっびちゃ……ガチャガチャ……。

斜め前方からと真後ろからと、おぞましい化物どもにはさまれた貢太郎は為《な》す術《すべ》もなく、ただ立ち尽くすばかりだった。

七　幽霊屋敷

（逃げるなら窓しかない）

ありったけの勇気を奮い起こし、貢太郎は考えた。

リビング兼ダイニング空間には、北面と東面に一つずつ窓がある。ただ、東側の窓はキッチンの衝立ての左横に位置するため、そこから逃げようとすると首無し女の側をすり抜ける羽目になる。テーブルを間にはさむにしても、あまりにも危険だろう。つまり自動的に北側の窓を選ぶしかないのだが、実は両方に同じ問題があった。出窓だということだ。鍵《かぎ》を開けるだけではなく、よじ上らなければならない。

首無し女しかいなければ、逃げ切れるように思えた。しかし、あの右腕の化物は扉のすぐ向こうにいるうえ、始末の悪いことに伸びるのだ。仮に出窓まで行けたとしても、よじ上って鍵を開けているうちに、あの手には追いつかれてしまう。

だが、そうやって躊躇《ちゅうちょ》している間にも、首無し女との距離が縮まっていた。やるしかないと決心して、貢太郎が出窓に向かって駆け出そうとしたときだった。

取っ手を揺する音の他に、扉の向こうから声のようなものが聞こえていることに、ようやく彼は気づいた。それまで一心不乱に脱出方法を思い巡らせていたため、耳が留守になっていたらしい。

「……ちゃん、どうしたの？　貢ちゃん、そこにいるんでしょ？」

それは祖母の声だった。

「お――」

お祖母《ばあ》ちゃんと言いかけて、本物の祖母なのだろうか……と、ふと疑った。あの手の化物も最初はそう思った。もしかすると腕の本体が和室から出て来て、今、この扉の向こうにいるのではないか。そして自分を誘《おび》き出すために、祖母の声音を真似ているのだとしたら……。

「貢ちゃん、何してるの？」

（きっとそうだ）

「貢ちゃん、返事をしなさい」

（騙《だま》そうとしてる）

「貢太郎、ここを開けなさい！」

（そんな手に乗るか）

「貢太郎！」

（うるさい！）

「こぅたぁろおぅぅ！」

次の瞬間、彼は取っ手を下に引いていた。その呼び方があのときの祖母の声と、そっくり同じだったからだ。

貢太郎が急いで扉を開けると、そこには祖母が立っていた。玄関と廊下の明かりの中で見る姿は、間違いなく祖母その人だった。

「……お祖母ちゃん？」

それでも確認するかのように呼びかけて、彼は「あっ」と声を上げると、慌てて後ろ手に扉を閉めた。

「どうしたの？　何をしてるの？　食堂に誰かいるの？」

祖母が立て続けに問いかけてくる。だが、貢太郎は首を振るばかりで何も答えられない。しかし、それでも素早く廊下全体を見渡すと、腕の化物がどこにもいないことだけは確かめていた。

「貢太郎、そこをどきなさい」

彼の不審な動きを観察していた祖母は、孫の目をしっかり見つめながら、きっぱりとした口調でそう言った。

「はい……」

思わず彼は返事をすると、素直に扉の前から離れた。その迫力に圧《お》されたせいもあるが、祖母が現れたため廊下の化物が消えたのであれば、首無し女も同じかもしれないと考えたからだ。

案の定、食堂には何もいなかった。明かりを点《とも》した祖母はキッチンまで覗《のぞ》いたが、変わった点など少しもないようで、逆に孫を不思議そうに見つめている。

少し迷ったが、貢太郎は何も言わないことにした。おそらく祖母は信じないうえに、両親の死後に孫が陥った、あの精神的に不安定だった状態に戻ったのではないか、といらぬ心配をするに違いない。

とはいえ祖母が和室に入るときは自分も同行し、キッチンで夕飯の仕度をする際にはテーブルに座って目を離さず、夕食後も一緒にテレビを観ようと誘った。祖母の身に怪異が降りかかることを心配しただけでなく、ひとりっきりになるのを避けるためだったのは言うまでもない。

だが、それも祖母が入浴している間は、どうしようもなかった。まさか一緒に入るわけにもいかず、かといって勉強部屋に籠《こも》ってしまうと、もう今夜は二度と出て来られなくなりそうである。仕方がないので音声を大きくして、テレビを観ることにした。最初はキッチンに背中を向けていたが、その姿勢もある意味では怖いので、途中からは視界に入る位置に椅子を置き直して対処した。

お蔭《かげ》で風呂《ふろ》から出た祖母に変な顔をされた。もっとも祖母は何か言いそうになって、結局「早くお風呂に入りなさい」としか口にしなかったけれど。

もうすぐ四月なのに、まだまだ日が暮れると肌寒い。そのうえ身も凍る体験をした貢太郎にとって、この夜の風呂は格別に有り難かった。バスタブに肩まで浸《つ》かって目をつむり、そのまま全身の力を抜く。すると立て続けに覚えた恐怖のせいで強張《こわば》った身体が、ゆっくりほぐれてゆくような気持ち良さを感じた。

しかしながら、ほっと息を吐いたのも束の間だった。すぐに彼の脳裏には、昨年の晩秋に体験した薄気味の悪い出来事が蘇《よみがえ》った。

去年の秋、一度に両親を亡くした貢太郎は、しばらく腑《ふ》抜けのような状態のまま暮していた。辛うじて学校には通っていたが、以前のように友達と遊びもせず、放課後などひとりでぼうっと過ごすことが多かった。ひたすら無為に日々を送るばかりで、本人にも生きている実感のない毎日と言えた。

ある日、彼は溜《た》め池《いけ》沿いの土手の上を歩いていた。そこは普段でもあまり人が通らず、学校でも池の周囲には行かないよう注意されている場所だった。おそらく誰にも会う可能性のない、そんな淋《さび》しいところだったからこそ、彼もふらふらと彷徨《さまよ》っていたのだろう。

ところが、そのうち土手の下の藪《やぶ》の側に、ひとりの老婆が佇《たたず》んでいるのに気づいた。頬被りのため顔は分からず、ひょっとすると男の年寄りだったかもしれず、実は子供だった可能性さえあった。ただ、頬被りとうつむき加減で腰を屈《かが》めた老人特有の姿勢から、なんとなく老婆だと判断しただけである。

あんなところで何をしているのか、さすがに気になって立ち止まると、その老婆が彼に手を振り出した。今にも地面に蹲《うずくま》りそうな体勢のまま、右手だけは高々と上げて、ゆっくり手招きしている。

少し妙には思ったものの、何か頼みごとでもあるのだろうと、いつしか貢太郎は土手の斜面を下りはじめた。

すると、なぜか老婆は池の側に茂る藪の中へ、すうっと姿を消すではないか。とっさに彼は立ち止まりかけたが、すぐに藪から右腕だけが突き出され、おいでおいでを繰り返す様が見えた。

相変わらず訳が分からないながらも、貢太郎が引き寄せられるように、ひらひらと揺れる右手へと向かいかけたそのとき――、

「こぅたぁろおぅぅぅ！」

背後から物凄《ものすご》い声で呼び止められ、振り返ると真っ青な顔をした祖母が、土手の上に立っている姿があった。

祖母によると買い物の帰りに、たまたま土手の上を歩いている彼を見つけた。ひとりなので気になって見ていると、ふっと向こう側に消えてしまった。慌てて土手へ上ると、ずんずん池に向かって進んで行くので驚き、そこで大声を出して呼び止めた。そういうことらしい。

貢太郎は老婆のことを話したが、それを祖母が信じたかどうかは分からない。ただ小さな子供に言い聞かせるような、知らない人について行ってはいけない、という注意を口にしただけである。

ちなみに彼が祖母の声に振り返り、再び顔を戻したとき、老婆の手はするっと藪の中に消えるところだった。もっとも祖母は、何も目にしなかったと否定したが……。

年が明けてから、次第に元気を取り戻すようになった貢太郎は、引っ越す前に一番仲の良かった吉川清にだけ、この体験を話した。少し考える仕草を見せた彼は、その老婆は死神のようなもので、両親が亡くなって精神的に参っている貢太郎の弱味につけ込み、藪から池の中に引きずり込むつもりだったのだ、という解釈を下した。

あの老婆が本当に死神だったのかどうか、それは未《いま》だに分からない。しかし、あのとき彼が助かったのは、祖母の呼び声のお蔭だったことだけは間違いない。今日の夕方、食堂で再び彼を助けてくれたのと同じ祖母の声である。だからこそ彼は、廊下にいるのが本物の祖母だと確信することができたのだ。

それにしても、と貢太郎は両目を閉じたまま考える。

四つ目の幽霊屋敷はこの家ではないのか……。

あのときは、住人である小久保老人に遠慮して躊躇《ちゅうちょ》したのだと思ったが、その後の彼女の話を考えると、どうもおかしい。彼女は、あの家には老人が住んでいるうえ、過去に酷《ひど》い事件があったわけでもないのに、いかにもそれらしく見えるので、無理に幽霊屋敷を四つにするために加えられたのだ、と言った。

でも、小久保老人の奥さんは庭の柿の木で首を縊《くく》っている。この事実を彼女は後から教えてくれた。つまり酷いかどうかは別としても、過去に事件があったことになる。それだけでも充分に幽霊屋敷と呼ばれる資格はある。そうならなかったのは、同じ町内にもっと相応しい家があったからではないだろうか。

それがこの家で、当時は神津という家族が住んでいた。その人たちは、おそらく殺された……？　少なくとも和室でお祖母《ばあ》さんが、キッチンでお母さんが、それぞれ惨殺されたのではないか。

ぽちゃん……。

バスタブに水滴の落ちる音がして、貢太郎はびくっと身体をすくませた。だが目を開けることなく、すぐに肩の力を抜くと、再び沈思黙考をはじめる。

ただ、忌まわしい事件のことを言うと家を借りる人がいなくなる。いや、きっと長い間、誰も借り手がいなかったのだ。事情をまったく知らない他県の人が、祖母のような者が現れるまでは――。

それとも事件を知らない住人は、これまでにも何家族かいたのかもしれない。ただし、家族のうちの誰かが決まって怪異を体験するため、きっと次々と出て行ってしまい、この家に居着くことがなかったのだろう。

ぱちゃん……。

湯の跳ねる音が響く。しかし、貢太郎は気にせず考えを進める。

そんなことが続くうちに家賃がどんどん安くなっていった。だから祖母でも借りることができた。祖母の稼ぎがどれほどなのか、もちろん知らない。でも、それほど新しくはないアパートでひとり暮らしをするのが精一杯ではないか。つまり、こんなに広い家を借りられるわけがない。ということは逆に考えると、祖母は少々の問題くらいでは、この家を出ようなどとは決して思わないだろう。

ここが本物の幽霊屋敷だと分かっても、祖母自身が実際に怪異を体験しない限り、彼が何を言おうと無駄かもしれない。いや、祖母ならば仮に不可解な現象を目の当たりにしても、一切を信じないに違いない。

ぽちゃ、ぽちゃ……。

ここで彼の思考は止まり、再び身体に妙な力が入った。

今のは水滴が落ちた、というよりも……。

ゆっくり目を開けると、湯の表面が少し泡立ち、波立っている光景が見えた。無意識に手を動かしたのかと思ったが、両手はお腹の上で組んでいる。バスタブに入ったときから、ずっと同じ姿勢だったはずだ。たまたま一度に大量の水滴が落ちてきたのか。そう考えて天井を見上げ、貢太郎は固まった。ほとんど水滴が見当たらない。おそらく祖母が出る前に、一通り拭《ぬぐ》っておいたのだろう。

なら、今までの音は何だったのだろうと考えたとたん、温かい湯に浸っているにもかかわらず、彼は身体の芯《しん》が冷えるような感覚を味わった。

でも、こんなに浴室は明るいのだから大丈夫だ。和室も廊下も食堂も、すべて薄暗かった。それに祖母が帰宅してからは治まった。不安がることはない。

もう充分に温まったと感じた彼はバスタブから出ると、鏡に向かって椅子に座り、手早く頭を洗いはじめた。色々と考えそうになるのを無理に振り払い、ひたすら頭皮をごしごしと洗う。それが思いのほか気持ち良く、厭《いや》な感覚など一気に薄れてしまう。

ところが、そのうち首筋に妙な違和感を覚えた。今度こそ水滴かと思ったが、それにしては水気を感じない。頭部から流れたシャンプーの泡が首を伝う、そういう感触でもない。例えるなら――、
とん、とん……。

まるで小さな小さな赤ん坊の指に、首筋をたたかれているような、そんな感じが続いている。と思ったところでその指のようなものが、つぅぅぅぅっと首筋から腰へ背筋を伝い下りた。

「うわぁっ！」

とっさに前へ出ると椅子から腰を浮かせ、目を開けながら貢太郎は振り返った。とたんにシャンプーが目に入り、再び閉じてしまう。

何もいなかった……。

一瞬ではあったが、自分の後ろを確認することはできた。気のせいだ。神経質になってるだけだ。そう考えたときである。

ばちゃ、ぺたっ、ばちゃ、ぺたっ……。

すぐ前から、鏡のある壁とは反対側の洗い場から、何かが自分に向かって這《は》って来る

物音が聞こえてきた。

目をつぶってはいけない……。

つまり、それは自分を暗闇の中に置くことになる。自ら真っ暗な世界を作り出しているのと同じことになる。

それに気づいた貢太郎は両目を開けようとしたが、シャンプーがしみて満足に開けていられない。その中途半端な、どっちつかずの視界の中で、小さな黒い影がゆっくり這いながら、自分に向かって来る光景がぼんやりと見えた。

「あああぁぁぁぁっ！」

思わず声を出した口の中に、シャンプーの泡が入る。しかし、そんなことはまったく気にならない。それよりも、目を満足に開けていられないことが恐怖だった。

（閉じるな！　あれが来るぞ！）

怯《おび》えと焦りを同時に覚えるのだが、痛くて目を開いていることができない。開けては閉じ、開けては閉じを繰り返しているうちに、小さな黒い影はどんどん彼に近づいて来る。

もう目の前まで、それは迫っていた。

とっさに貢太郎は、バスタブに頭から突っ込んでいた。シャワーをひねったりバスタブの湯を汲《く》んだりという余裕は全然ない。一気にシャンプーを落として目を開けるしかないと判断したところで、思い切った行動に出ていた。

ところが、素早くバスタブから身を起こすつもりだったのに、爪先《つまさき》が洗い場から離れて下半身が少し浮き、完全に前のめり状態になってしまった。両手をバスタブの縁に掛けようとするのだが、滑って湯の中に落ちるばかりで、ばしゃばしゃと湯をたたくことしかできない。

溺《おぼ》れる……。

温かい湯が鼻から口から入ってくる。がぼぼっとむせ返って息苦しさを味わうと同時に、つーんとした鈍痛を頭の奥に感じる。

こんなことで……死ぬなんて……。

それは恐怖というよりも、後悔の念に近かった。原因はあの小さな黒い影ながら、バスタブに頭から突っ込んだのは、自分自身である。

後悔と諦《あきら》めに似た感情に、貢太郎が一気に支配されそうになったときだった。とてつもない恐怖に再び包まれた。自分の右足の踝《くるぶし》を、小さな小さな赤ん坊の手につかまれたような、そんな感触を覚えたからだ。

「がはあぁぁっ！」

次の瞬間、物凄い飛沫《しぶき》と共にバスタブから身を起こした彼は、鏡を背にして洗い場に座り込んでいた。げほげほっと咳《せ》き込み、ぜいぜいと息を吐きながら、それでも狂ったように髪の毛を掻《か》き上げ、顔に垂れてくる雫《しずく》を何度も掌《てのひら》でぬぐい続け、とにかく視界をはっきりさせようとした。

「はぁ、はぁ、はぁ、はぁ……」

荒い息を吐きながら、洗い場を見渡す。が、何も見えない。何もいない。

(き、消えた……?)

ほっとすると全身から力が抜け、鏡に背中を預けたまま、その場にずるずると身体を伸ばしていた。

皮肉なことに貢太郎が助かったのは、彼が戦慄《せんりつ》した小さな影のせいだった。右足の踝をつかまれたと思ったとたん、爪先が洗い場の床に触れたのだ。彼にそこまでの実感はなかったが、ひょっとすると足を引っ張られたのかもしれない。

そのお蔭《かげ》で助かったとも言える。だからといって、もちろん感謝などする気は起こらない。そもそもの元凶は、あの小さい真っ黒な影なのだから……。

ここで、ようやく今の騒ぎが祖母に聞こえたのではないか、と心配する余裕が生まれた。浴室と和室はかなり近い。彼の叫び声や湯の跳ねる音などが、座敷まで届いたとしても不思議はない。

今にも浴室の様子を窺《うかが》いに、祖母が現れるかと思ったが、いつまで経っても何の気配もなかった。物音が外へ響かない造りになっているのか、思った以上に騒がしくなかったのか、すでに祖母が寝ついていたのか、理由はわからないが。

気づかれなくて良かったと安堵《あんど》したところで、貢太郎は急に肌寒さを感じた。バスタブに入ろうかと思ったが、シャンプーを落とした湯に浸《つ》かるのは、やはり抵抗がある。

実際に泡も浮いている。

　彼は洗面器を取ると、湯の表面に漂う泡と汚れを丹念にすくって捨てはじめた。

　あんな目に遭えば普通なら今ごろ、裸のまま風呂場《ふろば》から飛び出していてもおかしくない。小説や映画ならきっとそうだと考えると、あまりにも自分の行動が異常に思え、自然と苦笑いが浮かぶ。

　それでも急に後ろを振り返ったり、天井を見上げたりと、つい突飛な動作をとってしまう。明るければ大丈夫だと自分に言い聞かせるものの、衝動までは抑えることができない。

　周囲を気にしつつも湯を綺麗《きれい》にする作業を一通り終えると、彼は目を開けたままシャワーで髪の毛をすすいだ。顔面に垂れる水滴を何度も片手で拭いながら、絶対に目をつぶらないようにする。それからバスタブに入ろうとしたが、どうしてもその気になれない。結局、全身が温まるまでシャワーの湯を浴び続けた。

　最後に洗い場を片づけるとバスタブに蓋《ふた》をして、風呂場全体を見回す。明日の朝、祖母は風呂の湯で洗濯をするかもしれない。その際に少しでも異常を感じないよう、注意を払っておく必要があった。

　これで大丈夫だと判断した貢太郎が、バスタブに背中を向けたときだった。

　ばしゃ、ばしゃ……。

　湯の跳ねる音が、蓋の下から聞こえた。

ゆっくりと振り返った彼の視線の先で、少しずつ少しずつ蓋が持ち上がりはじめた。蓋を閉めたバスタブの中は真っ暗になる。その暗闇の中から今、何かが這い出ようとしていた。

だが、風呂場は明るい。つまり中の何かは出て来られないはずではないか。そんな彼の考えが通じたかのように、ようやく手が入るほど持ち上がったところで、ぴたっと蓋が止まった。あれ以上は光が入るため開けられないのだ、と貢太郎は安堵した。

と次の瞬間、その狭い隙間から身の毛もよだつ、凄《すさ》まじいばかりの赤ん坊の泣き声が放たれた。

八　緑の丘

水曜日の朝、祖母が出かけるのを見送った後、貢太郎は勉強部屋へ戻るとベッドの上に突っ伏した。二度寝をするためではなく、妙に全身がだるく感じられたからだ。

（風邪でもひいたかな）

昨夜はろくに身体もふかずに風呂場から飛び出すと、そのまま二階へ駆け上がり、すぐベッドに潜り込んでしまった。もちろんあの赤ん坊の泣き声から逃げ出したためだが、水気を完全にぬぐわないで寝たので、風邪をひいたのかもしれない。

寝返りを打ち、ぼんやりと天井を眺めながら、それでも貢太郎は考えていた。

暗がりでないとあいつらが出て来られないことは、どうやら間違いなさそうに思える。また目をつむった状態とは、いわば暗闇の中に我が身を置くようなものである、ということも理解できる。しかし彼が目を閉じても、風呂場は明るいままだ。では、あの赤ん坊は、その明かりの中に出て来たことになるのか。だとすると、暗がりでしか現れないという前提が崩れてしまう。だが、目を開けると消えていた事実から推測すると、やはりそういうことになるのではないか。

そんな風に考え続けているうちに頭が痛くなってきた。

自分が遭遇している怪異それ自体が、そもそも有り得ないような現象である。その非合理的な出来事に対して論理的な解釈を下そうとすることの愚を、遅蒔《おそま》きながら彼なりに悟った。とにかく無駄に悩むのは止めることにした。

それにしても何て家なのだろう……。

改めて驚きと恐れを覚えつつ、まだ自分がその家にいて、こうやってベッドの上で天井を見上げている事実が信じられない。あれほどの目に遭いながら、依然として住んでいるのである。

幽霊屋敷を舞台にしたホラー映画を観ていて、なぜ忌むべき場所からさっさと逃げ出さないのか、と思うことがしばしばある。しかし、それが現実の出来事で、しかも、その舞台が自分の家となると、そんなに簡単にはいかないことがよく分かった。

そのうえ我が家の場合、祖母と孫の二人家族で、家の異常に気づいているのは孫だけ。祖母は朝晩ちゃんと仏壇を熱心に拝むほど信心深いのに、迷信じみたことは大嫌いという設定である。

そう自嘲《じちょう》的に現在の状況を分析し、これはかなり厄介だぞと貢太郎は頭を抱えた。

実際、祖母に話したところで、まず信じないだろう。また孫がおかしくなったと心配するだけだ。下手をすると医者に連れて行かれるかもしれない。つまりは自分ひとりで、この一連の怪異に立ち向かわなければならないのだ。

ひとまず彼は、今日どう過ごすかを決めようとした。何をして遊ぶか、または奇っ怪な現象をいかに避けるか、という意味ではない。今、自分に起きている出来事にどう対処するのか、そのためには何をすれば良いのかを考えようとしていた。

とりあえず、この家で過去に何か事件がなかったかを調べる必要がある。仮に殺人事件があった事実でも突き止めることができれば、祖母に引っ越しを促す材料にはなる。幽霊や化物が出たと訴えるより、よっぽど効果があるに違いない。

昔のことを調べるなら図書館だろう。前に小学校の社会科の体験学習で、古い新聞を調べたことがあった。あのときは図書館で、確か新聞の縮刷版を見たはずだ。

ただ、昔といってもどれくらい前の新聞を見れば良いのか。何の手掛かりもないまま闇雲に図書館に行っても、途方に暮れるだけではないか。この家に住人が出入りした年代くらいは、少なくとも調べておく必要がある。かといって町の人に訊《き》いたところで、正直に教えてくれるとも思えない。

礼奈の祖父なら色々と知っているかも、と思い当たったところで、上総の森で何があったのか、それを彼女に話すという約束を思い出した。だが、どこまで打ち明けるべきか。森の中の出来事を話すのであれば、この家での怪異も喋《しゃべ》るべきだろう。そうなると盂怒貴《うぬき》町に来てから起こったすべてを、彼女には教えることになる。

さすがに不安を覚えた。もちろん誰か大人に話すよりは、遥《はる》かに喋りやすいのは確かだ。ゆえに、だからこそ受け入れられなかったときが怖い。引っ越したばかりのうえ、まだ中学校の入学式も迎えていない。今のところ彼にとって唯一の友達と言えるのは、生川礼奈だけである。その彼女が信じてくれなかったら――。

しかし、たったひとりで取り組むには、今、自分に起きている現象はあまりにも異常過ぎる。ここは是が非でも礼奈の協力を得たい。そして彼女に手助けしてもらうためには、正直にすべてを打ち明けるしかない。中途半端なことしか教えずに誤魔化していたら、きっと彼女も自然と自分から離れてゆくだろう。

午前中に色々と考え続けた貢太郎は、昼になると祖母の作った弁当を食べて、礼奈が来る前に生川家へ向かうことにした。それも自転車で行って、少し町から離れるつもりだった。さすがに彼女の家では話しにくい。

玄関の扉に鍵《かぎ》を掛け、家の東側に回って収納スペースから自転車を出していると、隣の橘家の庭にコロがいるのに気づいた。左に少し小首を傾げ、こちらをじっと見ている。

「コロ」

試しに彼が呼ぶと、四、五回ほど尻尾《しっぽ》を振ってくれた。

「何もなければ遊んでやるんだけどな」

そう言うとさらに尻尾を振って、とことこっと前に出て来る。

「いや、だから今は駄目なんだ」

犬とはいえ、相手が期待満々の様子でこっちを見ているように思え、そんな断わりを口にしていた。

貢太郎は後ろ髪を引かれる思いでコロに手を振ると、自転車を押しながら玄関前へと戻り、門を開けて表の道へ出ようとして、

「貢太郎君、どこ行くの？」

またしても礼奈に声をかけられてしまった。今日は自分の方から、生川家に出向くつもりだったのに。

「う、うん……れ、礼奈ちゃんの、その一家に行くところ」

「ほんとかなぁ……自転車で？」

「い、いや、これは――」

しどろもどろになる貢太郎を、彼女は悪戯《いたずら》っぽい笑みを浮かべて見つめている。ただ、微笑みの中に不安も交ざっていることは、彼にも分かった。もしかすると昨日の約束を忘れ、ひとりでどこかに出かけようとしていたのではないか。そういう疑いも持っているのだろう。自転車の存在が、よけいにそう思わせているらしい。

ちゃんと説明しないと……と思うのだが、焦れば焦るほど言葉が出てこない。でも、このままでは誤解されてしまう。彼は絶望的な気分で佇《たたず》んでしまった。

そのとき、礼奈が救いの言葉をかけてくれた。

「じゃあ今日は、自転車で出かけるつもりなのね」

「そ、そう――。じ、実は、色々と話したいことがあるんだ。そ、それで、どこか人のいない、でも明るくて気持ちのいい――」

「それなら、酒川沿《のがわ》いの緑地公園がいい！　公園って言っても、滑り台やブランコがある広場じゃなくて、緑の丘が広がってるところなの。ちょっと待ってて、私も自転車を取って来るから」

貢太郎にみなまで喋らせることなく、礼奈はそう言うと、そのまま生川家へと取って返すように走り去った。もう何度も彼女には助けられているため、忸怩《じくじ》たる思いはあったが、ひとまず安堵《あんど》した。後はちゃんと話せるかどうかだが、ぶっつけ本番でやるしかない。

「お待たせぇ！」

礼奈が自転車に乗って現れ、彼女が先導する格好で二人は酒川に向かった。

町中といっても車が通らない路地のようなところを抜けて、酒川へと出る。そこからは川に沿って、川辺を見下ろす地点に設けられた遊歩道を、ひたすら南東の方角へと進む。平日の午後のためか、すれ違うのも散歩をしている人ばかりである。それも定年退職をしたらしい年代の男性、犬を連れている人、老夫婦といった顔触れがほとんどで、みんなのんびりと歩いている。他にはジョギングをしている大学生らしき男女がいるくらいだった。

やがて川の下流に広がる、緑の森と丘が見えてきた。木のテーブルや椅子を設置した休憩場所も見受けられたが、礼奈は遊歩道を途中からそれると、川を見下ろす丘の斜面へと進んで行く。

「自転車はここまで」

丘へと延びる土道の勾配《こうばい》がきつくなる手前で、二人は自転車から降りた。そこからは押しながら坂道を上る。

やがて一気に視界が開けると、目の前には春を待って萌《も》えはじめた緑の大地が広がっていた。丘の上に聳《そび》える大きな木の側に礼奈は自転車を停めながら、それが桜であることを貢太郎に教えてくれた。

「ものすごーく綺麗《きれい》な花が咲くの。でもね、休みの日なんかは、この辺り一面に新聞紙やシートが敷かれて、昼間っから宴会がはじまっちゃうんだけど」

「へぇ、町内の？」

「ううん。ほとんどが、他から来た人たちばかりだと思う。この辺て、ちょっとした花見の穴場になってるから」

緑地の説明をしながら彼女は、持って来たビニールシートを手際良く丘の斜面に広げると、二人が座る場所を作った。

しばらくは取り留めもない話題が続いた。礼奈には急《せ》かすような素振りは一切なく、貢太郎もわざと話を遅らせているつもりはなかった。単にお互い、他愛のない会話を楽しんでいただけである。

そのうち、ふと沈黙が訪れた。二人とも自然に口を閉ざしていた。丘を吹き抜ける気持ちの良い風と鳥のさえずりが、急に鮮明な音色となって耳に響く。

（話すなら、今しかない）

そう思った貢太郎は、改めて礼奈の方を向くと、

「去年の秋なんだけど――」

自分でもびっくりしたが、交通事故で両親を一度に亡くした話から、まずはじめていた。もちろん、そんなつもりは全然なかった。なのに口を開くと、まるで予定していたように、当たり前のように喋っていた。

これには、さすがに礼奈も驚いたようである。祖母と二人暮らしのため、何か事情はありそうだと思っていたかもしれない。もしくは祖父から、彼の両親のことはすでに聞かされていた可能性もある。だが、この場でいきなり本人の口から、そこまでの話が出るとは思いもしなかったのだろう。

それでも彼女は何も言わず、ただ黙って彼の話に耳を傾けてくれた。

両親の死から引っ越しまでの出来事を一通り語ると、次いで彼は、既視感のこと、小久保老人の奇妙な台詞《せりふ》、新しい家に覚えた不安、上総の森での体験、そして昨夕から昨夜にかけて遭遇したあの家での怪異まで、すべてを息も切らさずに一気に喋っていた。

貢太郎が口を閉ざし、二人の間に再び静寂が降りたとき、礼奈が自分の顔を先程からじっと見つめ続けていることに、ようやく彼は気づいた。話している最中は夢中で、そこまで気が回らなかったらしい。

やっぱり、あまりにも莫迦莫迦《ばかばか》し過ぎるのだ。逆の立場だったらと考えると、既視感

や森の中で見た霧のようなものはまだしも、蛇のような腕や首無し女や這《は》い寄る赤ん坊などは、まず受け入れられないだろうと思った。実際にそれらを目の当たりにし、とてつもない恐怖を味わったはずの本人が、である。それを知り合ったばかりの、それも女の子に話してしまったのだから……。

痛いほどの礼奈の眼差《まなざ》しから視線を外すと、どうやってこの場から逃げ出そうかと貢太郎は悩みはじめた。

「今の話が、引っ越して来た月曜から昨日の火曜までの、たった二日間に本当にあった、その出来事だっていうの？」

相変わらず彼を凝視しながら、礼奈が感情の籠《こも》らない口調で確認してきた。

「……う、うん」

その棒読みのような言い方が、いかにも詰問されているように感じられ、どうにもいたたまれない。

すると次の瞬間、

「すっごぉぉぉい貢太郎君！」

突如として興奮もあらわに、礼奈が詰め寄って来た。

「えっ……ええっ？」

「だって、たった二日の間に、それだけの目に遭って、なのにけろっとしてるんだもの。ただ者じゃないわよ、貢太郎君は」

「い、いや……全然けろっとなんかは——」

「あっ、ごめんなさい。お父さんとお母さんのこと……。先にお悔やみを言うべきでした。お祖父《じい》ちゃんからね、二人とも亡くなったっていう話だけは聞いてたの。でも、私の方から触れるのもどうかと思って……」

「それは別に気にしなくても——い、いや、そ、そうじゃなくって、今の話だけど、みーんな信じるの？」

「うん、だって……」

そこで彼女は元の位置まで身を退《ひ》くと、ちらっと貢太郎を見ながらも、すうっと目をそらした。

「ひょっとして四番目の幽霊屋敷って、本当はあの家のことだから……？」

「えっ、知ってたの？」

「やっぱり、そうか……」

真ん丸い目をしている彼女に、彼は自分の考えを話した。

「へぇ、貢太郎君って鋭いんだぁ」

素直に感心している礼奈に苦笑いを返しつつ、

「どんな内容でもいいから知ってることを、みんな教えて欲しい」

そう真剣に頼んだ。とたんに彼女も生真面目な表情になって、

「うん、何でも話すよ。ただ、昨日の話くらいしか、私、知らないんだ」

「小久保家が四つ目の幽霊屋敷というのは？」

「ごめん、嘘なの。でも、言い訳をするわけじゃないけど、どっちも正解っていうか、人によってまちまちっていうか――」

「つまり幽霊屋敷が、五つあるとも言えるわけだ」

「ただね、小久保さんの家は、かつて奥さんが庭の柿の木で首を吊《つ》ったのと、あのお爺《じい》さんが薄気味悪いから、幽霊屋敷だって言う子もいたわけで、それは分かるんだけど。でも、貢太郎君の家の方は、なぜかちゃんとした理由がないのよ。単に空家だからっていうくらいしか。なのに小久保家よりも、はっきりと幽霊屋敷って呼ばれてて……」

「それは、おそらく神津っていう家族が、あの家に住んでたことがあって――」

そのときに殺人事件が起こったのではないか、という自分の推理を貢太郎は述べてみた。すると礼奈は、

「あっ、そうだ。その神津って名前のことを、お祖父ちゃんに訊《き》いてみたんだけど、そんな名字の人が盂怒貴町に住んだことなど、これまでに一度もないって」

「…………」

「念のために、〈かみつ〉に似たような名前も考えてもらったんだけど、やっぱり覚えはないって言ってた」

「でも、あの家で何かがあったことだけは間違いないと――」

思いながらも、以前の住人に神津姓がいなかった事実を知らされ、いささか貢太郎は

自信を失いかけた。

「うん、私もそう思う」

ところが、すぐに礼奈は彼の考えに賛成すると、

「うちのお祖父ちゃんって長い間、ずっと町内会の会長をやってるから、この辺りのことには詳しいわけ。そのうえ話し出すと止まらないから、色々と聞き出すには便利なんだけど、私が興味を持って質問すると、『子供が、そんなこと知らんでいい』って言って怒るのよ」

「厄介そうだね」

「そうなの。だから知りたいことがあって、それが子供には教えてくれそうにない内容だったら、直接は訊かないの。まず、その方面に話を振って、それとなく誘導しながら、あくまでも本人が口を滑らすのを待つしかないんだから——」

「ありがとう。そうやって神津の名前も、わざわざ調べてくれたんだ」

「えっ、うん……。でも、大したことなかったから……」

珍しく照れたような表情を、彼女が覗《のぞ》かせた。だが、すぐに小首を傾げると、

「それでね、あの家については上総《かずさ》の森なんかよりも、もっとずっと話をすることを避けてるみたいに、私には感じられたの」

「何があったっていうんだろ」

彼女に対してというより、自問するように貢太郎が呟《つぶや》く。

「けど、妙だと思わない？」

「………」

「他の幽霊屋敷は、人が消えたとか、殺されたとか、変な住人がいたとか、自殺したとか、少なくとも何があったかは伝わってるのに、それがまったくないなんて」

「それは、あまりにも大変なことが、あの家で起きたからじゃないかな」

「どういうこと？」

「つまり、それが物凄《ものすご》く酷《ひど》いことだったとか、考えられないくらい悲惨だったとか……」

「例えば――」

「家族がひとり残らず殺されてしまった……とかさ」

実は昨夜から頭の中にずっと浮かんでいた、あの家で何があったのか、という疑問に対する答えを、ためらいながらも貢太郎は口にした。

「じゃ、じゃあ、貢太郎君が見たものは……」

「あの家にかつて住んでいた家族のうち、殺されたお祖母《ばあ》さん、お母さん、そして赤ちゃんなのかもしれない。それに他にも僕がまだ会っていないだけで、お父さんや子供たちがいた――いや、いることも考えられる」

「一家皆殺し……」

「それが、あまりにも酷い事件だったため、町ぐるみで封印したと考えれば――」

「納得できるね」

「問題は、その事件がいつ起こったかってこと」

「うーん、私が少なくとも物心がつく前――あっ、そうだ！　兄貴にも訊いたんだ」

「お兄さんに？」

「そう、うちのバカ兄貴に、貢太郎君の家が幽霊屋敷だと噂される、その根拠を知らないかって訊いてみたの」

「お兄さん、何て？」

「誰も住んでないからだろ、って」

「長い間ずっと空家で、そのまま放っておかれている家なんか、そう呼ばれたりするからかな？」

「ほんっとに、肝心なとき役に立たないんだから」

「でもお兄さん、僕らより二つ上なだけだろ。もっと年上に訊く必要があるな」

「そうね。ただ東四丁目には、適当な人がいないしなぁ」

「うん……」

「それにあの家、放っておかれてたわけじゃないみたい」

「えっ、どういうこと？」

「兄貴が言うのには、一、二カ月に一回くらいの割で、家の掃除に来ている人がいたって。たいていは昼間に来ていたらしいから、私も見たことはないんだけど」

「大家さんかな？」

「さぁ……。お婆さんだって言ってたから、そうかも――」

「その人に訊けば……喋《しゃべ》るわけないか」

「無理そうね。それから役に立たないけど、兄貴にも妙な記憶はあるんだって」

「小さいころの？」

「そう。近所で物凄い騒ぎがあったことは、ぼんやり覚えてるって」

「そ、それって、うちの家じゃないの？」

「ところが、貢太郎君の家のような気もするし、例の化物屋敷だったようにも思うって、はっきりしないの」

「こっちが幽霊屋敷で、向こうが化物屋敷だから、まぁどっちでも同じか」

やや自嘲《じちょう》的に貢太郎が力なく笑ったが、礼奈はそれに取り合わず、

「そうそう、その騒動の後で、あの化物屋敷では火事があったとも、兄貴は言ってた」

「えっ……でも、家は残ってるし、どこにも焼けた跡なんかなかったよね」

たちまち彼の暗い笑みが引っ込んだ。

「でしょ。火事の後で、わざわざ建て直したんなら、もう少し新しいと思うの」

「お兄さんの記憶って、何歳くらいのものだろう」

「おそらく四、五歳じゃないかなぁ。私が二、三歳で、だから何も覚えていないって考えると、筋が通るもの」

「昨日も、物心がついたときには、もう化物屋敷みたいな感じで、とても怖かった覚え

があるって言ってたよね」

「うん――」

「ところで、小久保さんの奥さんが首を吊ったのはいつ？」

唐突な貢太郎の質問だったが、礼奈は気にした風もなく、

「さぁ……。少なくとも私の記憶にはないから――」

「その謎の騒ぎの前後ってことかな」

「そうね。無茶苦茶に昔ってほどじゃないと思うけど、どうして？」

「礼奈ちゃんが記憶にないくらい昔の事件なのに、首吊《くびつ》りの話は伝わってるからだよ」

「それに比べて、あの家の噂が何もないのは、やっぱり奇妙だってことね」

物わかり良く礼奈は答えると、そこで少し顔を曇らせながら、

「それで、どうするつもり？　お祖父《じい》ちゃんに探りを入れるのは引き続いてやるけど、さっき言ったように時間がかかると思うの。他の大人に訊くのは問題外だから、後は年の離れた兄貴や姉貴のいる友達に頼んで――」

「ごめん。最初にちゃんと頼むべきだったけど、あの家のことを調べるのに協力して欲しいんだ」

「も、もちろん！」

改まって貢太郎にそう言われ、再び礼奈は照れたように見えた。

「それで協力を求めておいて、こんなこと言うのも何だけど、できるだけ騒ぎたくない

んだ。できれば僕たちだけで、調べられないかなって——」

「う、うん、私は別に構わないよ」

うつむきながら応《こた》える礼奈を見て、誰にも邪魔されず二人っきりがいいんだと言っているように、自分の台詞《せりふ》が聞こえたことに気づき、貢太郎は物凄く慌てた。

「い、いや、その……、は、話が広がると、うちのお祖母ちゃんの耳に、は、入るかもしれないだろ。それは、できるだけ避けたいんだ」

「心配するから？」

貢太郎は祖母の性格と共に、推測し得る我が家の経済状態まで彼女に説明した。

「そうよねぇ。引っ越して来たばかりで、急に別の家といっても難しいでしょうね」

「まず、お祖母ちゃんが納得しないよ」

「それは、うちも同じだと思う。もし私が貢太郎君のような目に遭ったとして、お祖父ちゃん、お父さん、お母さん、そして言うまでもなく兄貴も、絶対に信じてくれないと思うもの」

「あのさぁ……べ、別に疑うわけじゃないけど、どうして僕の話を信じたの？」

そう問いかける貢太郎の瞳《ひとみ》を、礼奈がじっと見ている。彼もそのまま視線をそらさず、しばらく二人は見つめ合う格好になった。ただ、ほぼ同時にお互いが我に返ったようになって、慌てて明後日《あさって》の方を向いていた。

「正直に言うと——」

それでも礼奈は、すぐ彼に目を戻すと、

「長い腕の化物や首無し女が、あの家に本当にいるとは……その｜私にも思えないって いうか、分からないの」

「えっ……」

「でもね。何か普通でない、とても異常なことが起こってるんだ——っていうのは、貢太郎君を見ていて間違いないと感じたの」

「けど、僕の見たものは……」

「ほら、そういうものって、見る人によっては違って映るかもしれないでしょ。だから信じないというより、あまり目にしたものにこだわらない方がいいんじゃないかって、そんな気がして——」

「なるほど。もっと肝心な部分に注意を向ける必要があるってことか」

貢太郎は改めて、生川礼奈にすべてを打ち明けて正解だったと思った。

「で、問題はこれからどうするかよ」

「図書館で、古い新聞を調べてみようかと思うんだけど、どうかな？」

「貢太郎君が考えるような物凄い事件があったのなら、必ず記事になってるわね」

「そう。ただ困るのは、何年前の何月ごろの新聞を見ればいいのか、その見当をつけるのが難しいことなんだ。礼奈ちゃんとお兄さんの記憶から、おおよそ十年前くらいを基準にしようとは思うんだけど、その前後を一年とったとしても、三年分の新聞に目を通さなきゃならないだろ」

「確かどの新聞にも、その地方のニュースだけを載せている紙面がなかった？」

「あっ、あるよ！　地方版とか地方面とか言うんじゃないかな」

「そこだけ見ていけば、おそらく大丈夫なんじゃない。あっ、けど大事件の場合、一面とかにも載ってるよね」

「それじゃ、一面と地方面を見るとして、三百六十五日かける三年かける二面で――」

「二千百九十面の紙面を確認する必要があるわけ。ひとりで千九十五面ね」

それがどれほど大変な作業か、にわかには二人にも想像できない。ただ、かなり骨の折れることだけは間違いなさそうである。

「やっぱり誰か大人に……それも十年を基準にすると、少なくとも二十歳以上の人に前もって、そんな事件がなかったか、それは何年前だったか、この二つだけは訊《き》く必要があるってことか。でも、それは避けたいし……」

「そうだ、シミちゃんは！　あっ、駄目か……。彼女がコーポ池尻に入ってから、まだ半年も経ってないもんなぁ」

そう否定しながらも礼奈は何か思いついた様子で、しかしながら貢太郎の顔色を窺《うかが》うような口調で、

「ねぇ、シミちゃんに協力を求めるのはどう？　彼女なら、絶対に喋らないでって頼めば、約束は守ってくれると思う。しかも彼女、インターネットを使えるから、色々と検

索するだけで簡単に知りたいことが分かるかもしれないよ」

「うーん……」

「それにさぁ、シミちゃんには霊感があるって言ったでしょ。だから貢太郎君の体験も、きっと信じてくれると思うの。オカルトに対する知識も豊富でね、何か役に立つことを教えてくれるかもしれないし。あっ、ほらこれ見てよ。魔除《よ》けのお守りだって、彼女がくれたんだよ」

礼奈は首に下げているらしいペンタグラムのお守りを、わざわざ服から出して、少し得意そうに示した。

「へぇ、格好いいね」

それは素直な感想だったが、貢太郎の顔色は今一つ良くない。

彼にとって、詩美絵の印象は決して悪いものではなかった。むしろ、かなりの好印象だったと言える。礼奈が彼女と親しくし、信頼しているのも頷《うなず》ける。ただし、やはり大人だという不安があった。仮に、あの家の過去を調べていくうちに、とんでもない殺人事件に行き着いたとして、それでも彼女は口を閉ざしているだろうか。親切心から祖母にすべてを打ち明ける、という事態が起こらないだろうか。

自分が心配していることを、貢太郎は正直に礼奈に話した。

「そっか……。私たちを、貢太郎君を助けようとして、うちのお祖父ちゃんや両親、貢太郎君のお祖母《ばあ》さんに話してしまうことは、ないとは言えないわね」

幸い彼女も、彼の意見には納得したようである。だが同時に、彼の大人の介入を嫌うその頑《かたく》なまでの態度が、少し理解できないようで、

「けど、いずれはお祖母さんに、あの家で何があったのか、そのためどんな怪奇現象が起きているのか、それを話すつもりなんでしょ？」

「うん、でも……それは最後の最後にしたいんだ。怪異の原因が分かって対処できるなら、あの家に住み続けたって一向に構わない。とにかく僕はこれ以上、もうお祖母ちゃんに心配をかけたくないんだ！」

思いもよらぬ貢太郎の強い物言いに、はっと息を呑《の》んだ礼奈はしばらく無言だったが、

「分かった。私たち二人でやりましょ」

そう言って、にっこり微笑んだ。

「ご、ごめん……。べ、別に君に怒ったわけじゃ……」

「そんなこと分かってるって――。ところで、大人だけどひとりだけ、質問できそうな人がいたのを忘れてたわ」

「えっ？　だ、誰？」

興奮する貢太郎とは対照的に、礼奈は冷静な表情で、

「小久保のお爺《じい》ちゃん――」

九　さいごのいえ

礼奈によると、小久保老人が庭へ姿を現す時間は、日によってまちまちらしい。ただし雨が降っても風が吹いても雪が積もっても、どんな天候であれ、必ず一日に最低一回は庭に出て来る。そしてあの柿の木の側で、じっと佇《たたず》み続ける……。

小久保家を訪問するという考えは、彼女には最初からなかったようだ。おそらく老人が応対に出て来ないうえ、訪れている姿を町内の人に見られると、遅かれ早かれ祖父や両親の耳に入る恐れがあるからだという。

よって気長に老人が庭へと現れるのを待ち、そこで話しかけることに決まった。もっとも、その役目を自分ひとりでやると彼女が言い出したので、貢太郎は慌てた。

「駄目だよ、ひとりでなんて」

「小久保のお爺ちゃんは、貢太郎君におかしなことを言ったんでしょ」

「だから、ひとりは危ないんじゃないか」

「でも、私なら大丈夫だと思うの。これまでにも普通に挨拶《あいさつ》はしてるし、たまには立ち話したこともあるから――」

「立ち話って、どんな？」

「え、えーっと、他愛のない……お天気のこととか」

すぐに嘘だと分かったので、貢太郎がじっと彼女の顔を見つめていると、

「はいはい、嘘を吐《つ》きました。けど、私から話しかけたことは、本当に何度もあるんだからね」

「それに応《こた》えないの？」

「ちゃんと反応するときもあるんだけど、すぐに何を言ってるのか分からなくなるっていうか――」

「上総《かずさ》の森のことなんかは？」

「言ってたと思う。でも、何か気味が悪かったんで、あんまり聞かなかった」

「やっぱり二人の方が――」

怖くなくて良いだろうと彼は続けようとしたが、それより早く礼奈が、

「そのときは特に目的なんかなく、単に挨拶しただけだもの。けど、今回はそうじゃないでしょ」

「だからよけいに――」

「うん、よけいに私だけの方がいいの。ううん、むしろ貢太郎君はいない方が上手《うま》くゆくと思う」

「ど、どうして？」

「だって、小久保のお爺ちゃんが喋《しゃべ》った言葉の意味は、なんか分かるようで分かんないんだけど、少なくとも貢太郎君のことは知ってるわけでしょ」

「えっ……う、うん……。やっぱり、そうかな……」

「何て言うかなぁ――棟像貢太郎という人物としては、ひょっとすると知らないかもしれない」

「どういうこと？」

「つまり、あの家に引っ越して来た子供、っていう存在で知ってるっていうか……」

「よく意味が分からないよ」

「それは私も同じなの。ただ言えるのは、おそらく小久保のお爺ちゃんは、あの家に住んでる貢太郎君に関心があるんじゃないかってこと」

「じゃあ仮に僕とお祖母ちゃんが、コーポ池尻にでも入っていれば――」

「妙なことは言われなかったかも……ね」

礼奈が何を言いたいのか、朧《おぼろ》ではあったが貢太郎にも伝わっていた。ただ、その漠然とした捕らえ所のない訳の分からなさが、何とも恐ろしく感じられてならない。

しかし彼は、そんな素振りは少しも見せずに、

「つまり僕が一緒だと、あの爺さんはおかしなことしか口にしない可能性があるから、ひとりでやると？」

「そう。まともに話ができるのなら、最初っから貢太郎君に何を言ったのかを訊けばい

いけど、それが無理そうだから、昔、あの家で大きな事件はなかったか、あったとすれば何年の何月ごろか、それだけを聞き出すのよ。こんな言い方すると小久保のお爺ちゃんには悪いけど、私たちの知りたいことだけを教えてもらって、しかもそれが周囲の大人にバレる心配がないっていう意味では、まさに打ってつけの人じゃない」

「確かに――」

「ね。ただし、それも上手く立ち回らないと駄目かもしれない。そのためには、私だけの方がいいの。何年の何月ごろかが分かったら、後は予定通りに図書館で、二人で手分けして調べましょう」

貢太郎は説得される格好ながら、礼奈の意見に従うことにした。それでも最後に、普段の小久保老人に少しでも粗暴なところがないか、その確認だけはしておいた。そういう意味ではまったく無害だと彼女が太鼓判を押したので、二人は東四丁目まで戻ることにした。

行きは色々と心配事があったはずなのに、なんだか楽しかった。なのに帰りは、どうして気分が沈んだように感じるのだろう。やっぱり彼女をひとりで、あの老人のところへやるのが不安だからか。自分の前を颯爽《さっそう》と走る礼奈の背中を見つめながら、貢太郎は自問していた。

ならば隠れて、そっと見守ろうか。密《ひそ》かに彼女を守るという案が浮かび、たちどころに興奮を覚えた。が、すぐ適当な場所がないことに気づく。

おそらく礼奈は、生川家の中から小久保家の様子を窺《うかが》うに違いない。となると彼は、生川家から出て来る彼女か、小久保家の庭に現れる老人か、どちらかを認めることができる場に身を潜める必要がある。だが、そんなに都合の良いところとなると、あの森しかない……。

しかし、いくら何でもそれは、ぞっとしない。もう二度と、あそこに入るのは御免である。しかも、森の中に身を隠すなどとは、ほとんど自殺行為ではないか。

そんなことを考えているうちに、東四丁目に着いていた。

（あっ……）

夕陽に照らされた町並みを目にした貢太郎は、思わず心の中で声を上げた。たちまち感傷的な気分に包まれる。引っ越して来たばかりの土地にもかかわらず、目の前の赤茶けた風景に郷愁さえ感じている自分がいた。

（なんか懐かしい……）

このときばかりは、無気味だとか怖いとか忌まわしいとか、そういう感情はまったく起こらなかった。おそらく西日に浮かび上がった町の眺めに、かつて母親が待つ家へと帰って行った過去の記憶が、ふっと呼び覚まされたせいかもしれない。

もっとも彼が久し振りに覚えた感傷も、

「いい？　あそこまで一緒に行って、ちょっと覗《のぞ》くだけよ」

礼奈の現実的な声によって綺麗《きれい》に消えてしまった。あそこというのは、どうやら元上野家の前辺りのようである。その地点から小久保家の様子を窺おうというのだ。

二人は化物屋敷の前まで自転車を押すと、「く」の字に折れた道の向こうを覗き込んだ。ベーカリーすずのまで行けば、そんな不自然な体勢をとる必要もなかったが、それでは小久保老人に気づかれる恐れがあったからだろう。

「いないみたいね」

残念そうな、それでいて礼奈の口調には、明らかに安堵感《あんどかん》も含まれていた。平気そうにしているが、やはり心の底は穏やかではないのだ。

「本当にひとりで大丈夫？」

「もちろん。ちょっと緊張はしてるけど、まったく心配ないから――。貢太郎君こそ、大丈夫なの？」

とっさに何を言われているのか分からなかったが、彼女の視線を辿《たど》って理解できた。その眼差《まなざ》しの先にあったのが、我が家だったからだ。

「う、うん……も、もちろん！」

躊躇《ちゅうちょ》した素振りを見せた後、わざとらしいくらい明るく答えた貢太郎は、酒川《のがわ》の緑地を離れるときに覚えた気分の正体がようやく分かった。

（あの家に帰るのが、しかも昨日と同じ夕暮れ時に帰るのが、厭《いや》だったんだ……）

それが小久保老人の件で頭の片隅に追いやられてしまい、自分でもその気持ちを認めることができず、なんとなく気分が沈んだように感じられたのだろう。

「ねぇ、ほんとにほんと、大丈夫なの？」

言葉とは裏腹に貢太郎の顔が暗かったためか、礼奈が本気で心配をしている。

「きょ、今日はお祖母《ばあ》ちゃんも、は、早く帰って来るって言ってたから」

「ふーん、ならいいんだけど——」

彼が思わず口にした嘘を、礼奈は見破っているように見えた。ただ、何かあれば必ず自分の携帯に電話するよう約束させて一応は納得したのか、

「これから陽が沈むまで、向かいの家を見張ってみる。もし今日、小久保のお爺《じい》ちゃんと話ができたら、夜に電話するね。駄目だったら明日《あした》の朝から夕方まで、とにかくお爺ちゃんの姿が見えるまで頑張るから」

「うん、ありがとう。くれぐれも気をつけて」

「それで貢太郎君は、私から連絡があるまで、待ってて欲しいんだけど——あっ、それでいいかな？」

彼女が気にしたのは、どうやら彼があの家でずっと待たなければならない、その状況についてらしい。

「分かった。電話があるまで待ってる。今日はもうすぐお祖母ちゃんが帰って来るし、明日も朝のうちや昼間なら、何も起こらないと思うから大丈夫だよ」

「ならいいけど。ほんとに何かあったら、すぐ携帯に連絡してね」

礼奈に念を押されたところで、二人は別れた。自転車に乗り、手を振りながら遠離《とおざか》る

彼女を見送ってから、貢太郎は家へと歩き出した。我が家の電話が玄関を入った真正面、食堂へ通じる扉の横にあるため、何かが起こったとき果たしてすぐ連絡できるのかどうか、と不安に思いながら……。

東四丁目を赤茶けた色に染める西日に目を向けつつ、夕暮れの時間帯に外を歩いている人が、ほとんど見当たらないことに貢太郎は気づいた。もう少し遅くなれば、きっと勤めから帰って来た人たちの姿が見られるのだろう。だが礼奈がいなくなった今、自分以外は人っ子ひとりいない。

（まるで僕だけしか、この町には住んでいないような……）

残りのわずかな道程を、慌てて家まで駆ける。

家の東側の収納スペースに自転車を仕舞っていると、隣のコロがすっかりお馴染《なじ》みになった左に首を少し傾げたポーズで、彼を出迎えてくれた。それが、まるで自分の帰りを待っていたかのように映り、ちょっと彼は嬉《うれ》しくなった。ただし、それも玄関の扉を開けるまでだった。

昨日と同じように鍵《かぎ》が掛っていたため、まだ祖母が帰宅していないことは、三和土《たたき》の履き物を確認するまでもなく分かった。だから彼は家に入ると、すぐさま廊下の明かりをつけようとして、

（…………）

まず薄暗い廊下の先に目をやった。そして突き当たりの和室の中から例の音が聞こえ

ないか、じっと耳を澄ましてみた。

何の物音もしない……。

ようやく廊下の明かりを点《とも》す。次いで今度は恐る恐る食堂の扉をゆっくり開くと、そおっと首だけを突っ込む。

キッチンにも何もいない……。

それを確認してから、室内の電灯のスイッチに手を伸ばす。

日が暮れたからといって必ず出るわけではないらしい。一応は安堵《あんど》したが、いつ怪異が起こってもおかしくない、そんな状況であることに変わりはなさそうだった。

さて、祖母が帰って来るまでどうするか。ここでテレビでも観るか。貢太郎は改めて食堂を見回した。

煌々《こうこう》と照らし出されたリビング兼ダイニングの空間は、超常的な存在などまったく感じられない反面、家庭の温もりめいた雰囲気なども全然なかった。この寒々とした部屋でひとりテレビを観るのかと思うと、番組の内容が賑《にぎ》やかであればあるほど、淋《さび》しさが増す気がした。

しかし、勉強部屋にいると祖母が帰って来ても、すぐには気づかないかもしれない。それは、礼奈から電話がかかってきた場合も同様である。やはり、ここにいるのが一番良いと結論を出したところで、ふと貢太郎は二階の廊下の明かりが気になった。夕飯がすむまで一階にいるとなると、真っ暗な二階に上がることになる。月曜日の夜、何かに追いかけられた忌まわしい記憶が、たちまち脳裏に蘇《よみがえ》る。

慌てて食堂を出て、階段の下に立つ。一階の廊下の電灯のせいで、階段も折り返しの手前までは仄《ほの》かに明るい。ただし、そこから上は、もう随分と暗くなりはじめているに違いない。

つけっ放しはもったいないが、今はそれどころではない。まず階段の折り返し地点にある明かりを点すと、貢太郎は二階へ上がっていった。もちろん廊下の電灯をつけさえすれば、すぐに戻るつもりだった。それが二階の主寝室の扉を目にした瞬間、ついよけいなことを考えてしまった。

二階の部屋には何もいないのだろうか。

礼奈に話したように貢太郎の見た影が、その家族の祖母、母親、赤ん坊だったとすると、少なくとも他に父親の存在が考えられる。しかも、これだけの広い家なのだから、赤ん坊以外にも子供がいたとしてもおかしくない。

まだ会っていない住人が二階にいるとしたら……。

気がつくと貢太郎は、主寝室の扉のノブに手を伸ばしていた。そんな莫迦《ばか》な行為は止めておけと自分をいさめながら、何もいないことを確かめて安心したいだけだと己に言い訳をしている。

どちらも本心のように思えたが、結局は怖いもの見たさという人間ならではの矛盾した心理に、彼が抗《あらが》えなかっただけかもしれない。

ゆっくりと扉を開け、室内を覗ける程度で止めようとして——、
去年の交通事故で母親と一緒に死んだはずの父が、そこにいるのを目にし、貢太郎は思わず部屋の中に足を踏み入れていた。

「お、お父さん……?」

とっさに呼びかけると、にっこり父親は笑いながら、

「いくら怖くても夢なんだから、もう大丈夫だろう」

そこは千葉の借家の部屋で、畳の上には彼の蒲団《ふとん》が敷かれている。

そうか……。両親が死んでしまい、祖母と二人で薄気味の悪い家に引っ越しをして、怖い思いをするという変な夢を見ていたんだ……と納得しそうになって首を傾げた。

(でも、どこかおかしいような……)

しかし、ふと残った奇妙な引っかかりも、

「さぁ、絵本を読むぞ」

父親に促されると、綺麗《きれい》に消えてしまった。

「う、うん……。すぐ行くから——」

貢太郎は部屋の奥へと進みながら、こんな広い畳の間が我が家にもあったんだと少し嬉しくなった。

ところが、父親はなぜか彼の小さな蒲団の中にいた。もちろん両手と両足が、完全に掛け蒲団からはみ出している。どう見ても、彼が一緒に寝られるスペースなどない。た

だし両手は開いた絵本を持っているので、それを読んでくれるというのは本当らしい。

貢太郎は父親の枕元に座ると、お話を聞く体勢をとった。そう言えば小さいころ、よく就寝前に絵本を読んでもらったものだ、と急に懐かしさを覚える。

小さいころ……？

そこで再び何かが引っかかった。が、絵本の題名が目に入ったとたん、気にすることではないと忘れてしまった。その絵本の表紙には、こう記されていた。

〈さいごのいえ〉

やがて父親の朗読する声が聞こえはじめた。いつしか辺りは、蒲団の周りだけを残して暗闇に沈んでいる。そこだけ仄かに明るいスポットライトによって、まるで浮かび上がっているように見える。

「むかしむかし、あるもりのちかくに、いっけんのおおきないえがありました。そのいえには――」

絵本が先に進むにつれて、その家に住んでいる家族がひとりずつ〈ひとくい〉という存在に惨殺されてゆくお話だということが、貢太郎にも分かってきた。

そのうち、前に読んでもらったような気がしはじめた。物語の展開そのものに覚えはなかったが、大まかな設定の部分に既知感があるように思える。だが、せっかく絵本を読んでくれている父親に、今、それを尋ねるわけにもいかない。

「ひとくいは、にかいにあがると、ひどいかぜのために、かいしゃをやすんで、しんしつでねている、おとうさんのまくらもとに、たちました。そうして、おとうさんののどに、ほうちょうをあてると、ぐっとおしつけ、ずばっとよこに、はらいました」

そのとき妙な音が、絵本の内側から聞こえた。

「ばっばっばっばっと、たいりょうの、ちが、おとうさんの、のどから、いっぱい、ふきで、ました……ばっばっ……と……もの、すごい……ち、が、ばっ……と、ぐふっ、おごっ、おごごごぅぅぅぅっ……げほ、げぼぼ……」

今や父親が咳《せ》き込みつつ――いや、実際に喉《のど》から血潮を吹き上げながら、絵本をべったりと濡《ぬ》らしているのが、目にしなくても貢太郎には分かった。

「お、お、お父……さん……」

歯をがちがち鳴らしながらも、彼は必死に呼びかけた。すると両手からばさっと絵本が落ちて、父親がゆっくりと彼の方に顔を向けはじめた。

「お、お、おと、お父………」

ぱっくりと開いた喉笛《のどぶえ》が、貢太郎にも見えたところで、父親はぱくぱくと口を動かしながら、何か喋《しゃべ》ろうとしている。しかし何も聞こえない。思わず彼が身を寄せようとして、目の前に横たわっているのが、自分の父親とは別人だということに気づく。

（それに父さんは、もう死んでる……）

目の前の喉を切り裂かれた男も同じだと思った瞬間、それが突然、がばっと身を起こして抱き着いてきた。

「うわあぁぁっっ！」

とっさに避けながら、必死で畳の上を這《は》って逃げた——つもりだったが、貢太郎は自分が真っ暗な室内で、冷たい床の上に転がっていることを知った。

（げ、幻覚か……？　千葉の家の方が、あ、悪夢だったのか……）

そのとき後ろの暗闇から、
おごっ、おごごっ……げほっ、げぼぼっ……。

身の毛がよだつほど不快で、思わず嘔吐《おうと》をもよおすほどのおぞましい音が、無気味に響いた。しかも、それが次第に近づいて来る！

貢太郎は立ち上がると同時に走り出そうとして、はたとその場で固まった。

主寝室は使わないからと、すべての鎧戸《よろいど》が下ろされたままだった。ゆえに室内には今、完全な暗闇が充《み》ち満ちていた。

ついさっき彼は、迫り来るものから逃げようと、床の上を闇雲に這ってしまった。そのため、この暗がりの中で扉がどの方向にあるのか、最早《もはや》すっかり分からなくなっていた。

げぼぼっ……おごっ……。

すぐ足元で、息の漏れる厭《いや》な音がした。飛び散った血糊《ちのり》が自分の脚にもかかったような気がして、彼の両足はがくがくと震え出した。

（だ、だ、駄目だ……立ち止まってちゃ……に、に、逃げなきゃ……）

そう思って後ずさりするのだが、真っ暗闇の中、どこへ進めばいいのかまったく見当もつかない。

広いと言っても、しょせんは一室内である。適当に進んで壁にでも当たれば、そこから壁に沿って室内を一周すれば、いずれは扉まで辿《たど》り着く。頭では分かるのだが、なかなか実行に移せない。

壁沿いに扉を探っていることが、あれにも分かって、もし四隅のどこかで待ち伏せされたら……。そんな恐ろしい想像ばかりが脳裏を過《よぎ》る。

ごぼごぼっ……げぇぇっっ……。

しかも少し離れたと思ったら、すぐにその不快な音が後を追って来る。愚図愚図してはいられない。ここは、ひとまず壁際まで行こうと決心したとき、踵《かかと》が何かを踏んだ。

（ひぃぃぃっ……）

思わず悲鳴を呑《の》み込んだが、すぐにそれがスリッパの片方だと悟った。逃げ出したとき両方とも脱げてしまったらしい。

一時も無駄にせず蹲《しゃが》んでスリッパを拾うと、その場で自分を中心に前後左右の方向を勝手に定めた。

主寝室の北側にはバルコニーに面した大きな窓があり、西側はそれよりも小さな出窓になっていた。また南側のほとんどはクローゼットの扉だった。つまり今の状態から前にスリッパを投げ、それが当たった音で、前方に何があるかを推測しようと考えたのだ。

もちろん窓の横の壁に当たる可能性もあるため万全とは言えないが、何の手掛かりもなく闇雲に進むよりは増しだろう。

一瞬のうちに目紛《めまぐる》しく頭を働かせた貢太郎は、祈るような気持ちで目の前の暗闇に向かって、思いっきりスリッパを投げた。

どんっ。

すぐに籠《こも》ったような反響があった。

（クローゼットだ！）

そう分かるや否や、彼は両手を前に突き出しながら足早に進んだ。と、すぐ斜め前方の左手で、あの吐き気をもよおす怪音が響いた。扉は左の方向にある。まっすぐ目指せば、もろにあれと接触するかもしれない。

すぐに少し右手へ方向を変えると、さらに足を速める。やがてクローゼットの扉らしき板にぶちあたる。そこからは大きな板戸を右手で触りながら、一気に左方向へと走り出したところで、前方の暗闇から下水に汚水を流すような、耳を塞《ふさ》ぎたくなるほどの不快な音が、これまで以上の音量で鳴り響き渡った。

「あああああああああっ！」

貢太郎は雄叫《おたけ》びとも悲鳴ともつかない大声を上げながら、そのまま突っ込んだ。そして厭な物音が聞こえたと当たりをつけた地点で、大きく跳んでいた。そんなことであれが回避できるのか分からなかったが、身体が勝手に動いた。

着地してすぐ、壁にぶち当たる。

扉はどこだ？　扉は？

すぐさま両手で目の前の壁を探りまくる。なのに一向に手応《てごた》えがない。

そんな莫迦《ばか》な……。方向は間違っていないはずだ。物凄《ものすご》い焦燥にかられた彼が、半ばパニックに陥りそうになったときだった。

ぐげぇぇぇぇぇぇぇぇぇぇぇぇぇぇぇぇぇっ……。

巨大な化物蛙の鳴き声のような音が、真後ろの床の上から彼の頭上を越える高さまで、一気に移動した。それは、まるで今まで地を這っていた何かが、彼の後ろで突如として立ち上がったような、えも言われぬ忌まわしい気配だった。

ああっ……思わず失禁しそうになり、壁を探っていた手を反射的に股間《こかん》へ持って行く途中で、指先がドアノブに触れた。

次の瞬間、貢太郎は扉を開けると素早く廊下へ出て、後ろ手に閉めていた。それは見事な、まさに流れるような一連の動作だった。もちろん本人には、そんな自覚など全然なかったわけだが――。

「はぁ……」

扉に背中をつけたまま、貢太郎は大きく息を吐いた。

危なかった……と思ったとたん、遅蒔《おそま》きながら身震いしていた。部屋の中では逃げるのに精一杯で、悪寒を覚える暇さえなかったのだろう。

そのとき、階段の下から二階へと上って来る何かの気配を感じ、すうっと血の気が退《ひ》いた。

ゆっくりと別の何かが、彼に近づきつつあった……。

十　図書館

階段の折り返しから姿を現したのは、幸いにも祖母だった。主寝室で彼がとんでもない目に遭っている最中に、どうやら帰って来たらしい。またしても祖母の帰宅に救われたわけだ。

しかし、助かったと喜んでばかりもいられなかった。昨日と今日の二日連続で、家に帰ってみれば孫の様子がおかしいのだから、祖母が疑問に思わないはずがない。

「貢ちゃん、あんた一体——」

そこから夕飯の仕度もそっちのけで、祖母は貢太郎を問い詰めた。だが、彼が単に遊んでいただけだと言い張ったため、追及も長くは続かなかった。あくまでも遊びだと主張されると、それを否定するだけの材料が祖母にはなかったからだろう。

夕食後、片づけを手伝っている最中に、礼奈から電話があった。日が暮れるまで見張っていたが、小久保老人は姿を現さなかったという。とにかく明日、老人から話を聞くことができた時点ですぐに電話をするので、その後で一緒に図書館へ行く約束をする。ただし、老人との接触が夕方の四時以降になった場合は別である。新聞を調べる時間を考えると、図書館へ行くのは明後日《あさって》にせざるを得ない。

夜になって風呂《ふろ》に入った貢太郎は、バスタブに浸《つ》かって目を閉じることも、頭を洗うときに目をつむることもしなかった。さすがにシャンプーをしながら両目を開けているのは辛《つら》かったが、頭をのけぞらせ何とかやりとげた。

ところが、いざ就寝というときになって、彼はとても厭なことに気づいた。

眠るためには、目を閉じなければならない……。

部屋の明かりは一晩中でも点《とも》しておけるが、何の役にも立たないことは風呂場で証明されている。

貢太郎は絶望的な気分になった。しかし、すぐに月曜と火曜の二日間、この部屋で寝たにもかかわらず別に何も起こらなかった事実に思い当たり、おそらく大丈夫なのだと少し安堵《あんど》した。でも、ならばこの矛盾はどう説明できるのか。

もっとも長くは悩まなかった。自分が再び非合理的な現象に対し、論理的に考えようとしている無駄を悟ったからだ。

それでも目を閉じることがやっぱり怖くて、なかなか眠ることができない。しかし睡魔には勝てなかったのか、いつの間にかぐっすり熟睡したようで、目が覚めるともう木曜の朝だった。

朝食後、心配する祖母を大丈夫だからと送り出すと、貢太郎は自室の本棚からマーク・トウェインの『ハックルベリー・フィンの冒険』を取り出し、食堂の椅子に座って読みはじめた。『トム・ソーヤーの冒険』と本書は彼の愛読書であり、もう何度も読んでいる。もっとも以前は『トム』の方が好きで読み返す回数も多かったのに、最近は『ハック』の方が面白いと思うようになっている。

昼前に礼奈から電話があった。午前中は駄目だったらしい。どちらかと言えば午後に姿を見せる方だからと貢太郎を慰めたが、その口調からは彼女自身が落胆しているように感じられた。

昼はいつも通り、祖母が作ってくれた弁当を食べる。今回の件が片づけば、礼奈を誘って酒川《のがわ》沿いの景色の良いところでピクニックをしよう。きっと楽しいだろうなと思ったところで、片をつけることなど本当にできるのだろうか……と、たちまち何とも言えぬ不安感に包まれる。

礼奈があの老人から情報を得て、それを基に昔の新聞を調べ、その結果この家の過去が分かったとして……そこからどうするのか。彼女には、原因が分かって対処できるなら……とは言ったものの、そんな自信など微塵《みじん》もない。

もしかすると自分は――いや、自分たち二人は、子供の手になどまったく負えない真っ黒な闇に対して、何の考えもなしに立ち向かおうとしているのではないか。そんな恐怖の念が、ふつふつと貢太郎の心の中に湧き上がってきた。

昼食の片づけをした後、本も開かずに彼が色々と考え事をしていると、コロの吠《ほ》える声が急に聞こえ出した。庭に野良猫でも入り込んだのだろうと、最初は気にもしなかったが、ふと一昨日《おととい》の幼い子供のことが頭に浮かんだ。

そう言えば、あのときも今くらいの時間だった。ひょっとすると、老婦人と孫の二人の散歩コースに、この辺りが含まれているのかもしれない。

貢太郎は急いで玄関まで駆けつけた。だが、仮にあの子がいたとして何と声をかければ良いのか、はたと困った。相手はまだ小さい子供である。もし盂怒貴《うぬき》町東四丁目の町並みとこの家に何か感じるものがあったとしても、そのことを聞き出すのは容易ではない。それなりの時間もかかるに違いない。

それに祖母と思われる人も一緒にいるはずである。上手《うま》く子供と接することができたとして、すぐ邪魔されるのは目に見えている。自分の第一印象が良くなかったであろうことを考えれば、なおさらだろう。

それでも一応は確かめようと玄関の扉を少し開け、表を覗《のぞ》いた。誰もいない。さらにもう少し開けて顔を出し、町の西を南北に走る道に目をやってみた。でも、もう通り過ぎてしまった後なのか、二人の姿はまったく見えない。これでは結局いたのかいなかったのか、その判断さえできなかった。もっと早く覗いておけば良かったのだ。

後悔と失望の念を覚えながら顔を引っ込めようとして、何気なく反対側を向いたところで、貢太郎は固まった。ベーカリーすずのの前辺りで、こちらを振り返って怪訝《けげん》そうにじっと見ている、詩美絵の姿を認めたからだ。

きっと彼女は、礼奈の兄である礼治の家庭教師に行く途中なのだろう。コロの吠える声を聞いたか、棟像家の玄関扉が開く気配を察したか、または他の理由で振り向いてみると、貢太郎が顔だけを出して妙な行動をとっている。それで何をしているのかと、じっと見つめていたに違いない。

まずいなぁ、変に思われただろうなぁ、と恥ずかしさから顔が赤らむ。だが、詩美絵の方は笑顔で手を振ってくれた。ただし彼女の微笑みは、お互いの気まずさを誤魔化すために、慌てて取りつくろったように見えた。

貢太郎はとっさにぺこりとお辞儀だけして、後は逃げるように顔を引っ込め、玄関扉を閉めていた。

礼奈に伝わるかなと思うと、またしても恥ずかしくなったが、すぐ問題はそんなことではないと悟った。

まさか今の行動を見られたからといって、自分たちが何をしているのか、詩美絵に気づかれる心配はないだろう。ただ、詩美絵には霊感がある。この辺りではあまり働かないらしいが、普通の人より勘は鋭いに違いない。しかも礼奈とは仲が良いことから、彼女が不自然に小久保家を意識していることなど、すぐ察してしまうかもしれない。貢太郎と礼奈の様子がそれぞれ妙なことに、詩美絵が興味を持ったとしたら……。

電話して知らせようかと考えたが、それはあまりにも大袈裟《おおげさ》だと思い留《とど》まった。礼奈から連絡があったときで充分だろう。

肝心な彼女からの電話は、その日の夕方にかかってきた。

電話に出た貢太郎に対し、礼奈は気持ちの良いくらい小久保老人との具体的なやり取りを一切省くと、

「その家で十年ほど前の今ごろ、とっても恐ろしい事件が起こったみたい……」

また老人の奥さんが庭で首を縊《くく》ったのは、問題の物凄《ものすご》く怖い事件の数週間ほど前らしく、しかも何やら両者には繋《つな》がりがありそうだという。そのうえ彼女の受けた印象では、他にも関わりのある出来事が、まだ自分たちの知らない事柄が、いくつも隠されていると感じたらしい。

結局それだけしか聞き出せなかったと礼奈は落ち込んだが、当初の目的が事件の起こった時期を絞り込むことだったので、貢太郎は大成功だと慰めた。

電話を切る前、二人は明日の予定を話し合った。九時に棟像家へ礼奈が行くので、自転車で図書館に向かう。新聞の縮刷版は念のため十一年前から九年前のものを借り、手分けして三月から四月の記事に目を通す。二人とも弁当を持参し、午前中で調べ切れなかった場合は、午後も引き続き図書館に籠《こも》る。そう決めた。

電話から就寝するまでの間、貢太郎は心ここにあらずという、どこか放心したような状態で過ごした。帰宅した祖母が夕飯の仕度をしながら孫の様子を窺《うかが》っていても、その延長のような夕食時の会話も、引き続きテレビを一緒に観ていても、彼は上の空だった。

明日、図書館で何が分かるのか。そればかりが気になった。

十年ほど前の今ごろ、この家で起こった恐ろしい事件とは何か。他のことなど何も頭

に浮かばない。

ようやくベッドに入る時間になっても、まだ彼は明日の恐るべき発見について考えていた。興奮して寝られそうにもなかった。それでも昨夜と同様、いつしか眠りに落ちていたようである。

翌日の金曜日、今日は昼から出かければ良いという祖母は、礼奈と図書館に行くのだと貢太郎から聞かされ、とても嬉《うれ》しそうな笑顔を見せた。どうやら孫に可愛いガールフレンドができたらしいこと、その行く先が図書館だということ、この二つを歓迎しているらしい。

（お祖母《ばあ》ちゃん、ごめん……）

嬉々《きき》とした表情の祖母に、貢太郎は心の中で詫《わ》びた。前者の大いなる誤解（？）はともかく、後者の目的を祖母が知ったら――そう思うと何とも後ろめたい気になり、自然と顔が強張《こわば》ってしまう。

何とか苦労して作り笑いを浮かべると、

「行ってきまーす」

門の前まで見送りに出た祖母に、無理に明るく手を振って出かけた。

市立図書館は、こぢんまりとした三階建てだった。一階のカウンターで用件を伝えると、何新聞かと訊《き》かれた。そこまで考えていなかったので困っていると、礼奈が家で取っている新聞の名を挙げた。

係の人が二人の要望を聞きながら、用紙に書き込んでいく。記入が終わると少し待つように言って、新聞の縮刷版が保管されている書庫へと姿を消した。

貢太郎はどきどきしながら、他の利用者の邪魔にならないようカウンターの横へと移動した。家を出る前お茶を飲んだばかりなのに、やたらと喉《のど》が渇く。そんな彼に対して、礼奈は非常に落ち着いているように見える。

やがて六冊の分厚い冊子を抱えて、係の人が書庫から戻って来た。新聞の縮刷版は一月分が一冊になっているため、十一年前から九年前の三年間で、その三月と四月の二ヵ月分だと六冊になる。

貢太郎と礼奈はお互いに三冊ずつ持ち合うと、閲覧スペースへ向かった。彼は自分が十年前の三、四月分と九年前の三月分を、彼女が十一年前の三、四月分と九年前の四月分を担当することを提案した。一番可能性のある十年前を彼が独占する格好だったが、彼女は何も言わなかった。おそらくあの家の過去を見つける役目は、やはり彼が担うべきだと思ったからだろう。

まず貢太郎は、十年前の三月一日の記事から目を通しはじめた。最初に一面を確認し、次に地方面へ飛ぶという見方である。

作業を開始してすぐ、とにかく今ごろ——つまり三月か四月くらいに時期が絞れて良かったと、つくづく感じた。一日分の中で二箇所だけとはいえ、これを一年分やるとなると大変だと実感できたからだ。

それでも、もうすぐあの家の隠された過去が分かるのだと思うと、頁を繰る手にも力が籠る。ともすれば速度が上がるのを、逆に抑える。先走り過ぎて、肝心の記事を見落としては何にもならない。

ところが、そんな心配はまったくの杞憂《きゆう》であったことが、三月最終週に入って数日が過ぎたその日の一面で明らかになった。そこには、大きな文字でこう記されていた。

〈住宅街の惨劇。一家惨殺！〉

見出しが目に入った瞬間、貢太郎は確信した。記事を読まなくても、あの家で起こった事件がこれなんだと断じることができた。

予想していたとはいえ、いつしか貢太郎の身体は小刻みに震えはじめた。さらに口の中がからからに乾き、額には汗がにじみ、息苦しささえ覚える。

だが本当の恐怖は、まだはじまっていなかった。彼の目の前で、ぽっかりと真っ暗な口を開けてはいたものの、まだそこに陥ったわけではなかった。このまま新聞の縮刷版を閉じ、図書館を後にすれば、本物の恐怖から逃れることはできたのだ。

もちろん貢太郎に、そんなことが分かろうはずもない。ただ彼の本能が、しきりに囁《ささや》いていた。ここで止めておけと。これ以上は先に進むなと。

しかし、貢太郎は記事を読みはじめてしまった。

その瞬間、頭の中が真っ白になった。

まったく訳が分からないと思いながら、すべてが理解できたような気にもなるという、何とも矛盾する感覚に囚《とら》われ、一気に頭の中がショートした気分だった。

(な、何だ……これ?)

彼が目にした新聞記事——そこには惨劇の起こった家に住んでいた家族の名字が、〈棟像〉と記されていた。

しかも、ひとりだけ助かった幼い長男の名前は、〈貢太郎〉だった。

十一　十年前

　貢太郎は貪《むさぼ》るように、問題の新聞記事を読みはじめた。なのに字面を単に目で追っているだけで、まるで文章の意味が理解できない。その内容が全然と言って良いほど頭に入ってこない。ただ棟像家の家族の名前のみが、何度も何度も繰り返し目の前を通り過ぎてゆくだけで――。

　祖母の糸子《いとこ》、父親の貢市《こういち》、母親の梓織《しおり》、長女の香織《かおり》、次男の貢二《こうじ》、そしてひとりだけ無事だった長男の貢太郎……。

（これって……僕のこと？）

　気がつくと貢太郎は、図書館員に肩をつかまれ、身体を軽く揺すられていた。

「君、大丈夫？　気分でも悪いの？」

　すぐ側には、礼奈の心配そうな顔が並んでいる。

「は、はい……。な、なんとも、ありません、ので……」

　まったく事情が分からないながら、とっさに騒ぎになってはいけないと思い、そう彼は答えていた。

「ならいいんだけど――」

不審そうな表情を浮かべた図書館員に、礼奈が「すみません」と謝って、どうにかその場を収めてくれた。

「ちょっと、ほんとにどうしたの？」

しかし二人だけになると早速、彼女は彼の側に椅子を寄せながら、

「さっきから何度も呼んでるのに、少しも反応しないんだもの……」

訊くと、彼は身体を硬直させたままぴくりとも動かず、食い入るように新聞の縮刷版に目を落としていたらしい。

「瞬《まばた》きもしないんだから……ちょっと怖かった」

どうやら礼奈の呼びかける声が大きくなり過ぎて、図書館員の注意を引いてしまったようである。

「……ごめん」

貢太郎は詫びながらも、たった今、知ったばかりの事実を伝えたものか悩んだ。彼女には何の関係もない事件だが、ショックを受けることは間違いない。いや、彼女の性格を考えれば、相当な衝撃に見舞われることが予測できる。

（でも、彼女にも知る権利はある。相談に乗って、協力してくれてるんだから……）

うつむいて黙り込んでしまった彼を、礼奈は心配そうに見つめながら小声で、

「もしかして、問題の記事を見つけたの？」

しばらくためらった後、貢太郎は何も言わずに、開いたままの縮刷版を彼女の前へと差し出した。

「あっ、これね」

囁くような声で受け取った礼奈は、すぐ記事に目を通しはじめた。が、いくらも経たないうちに、

「ええっ！　そ、そんな莫迦《ばか》なぁ！」

そのとき館内にいた全員が、一斉に注目するほどの大声を出していた。

「おいおい、君たち……」

瞬く間に先程の図書館員が駆けつけて来る。興奮する礼奈をなだめながら、貢太郎は必死に何でもないと言い訳をしつつ、たびたび騒いですみませんと謝る羽目になった。ただお蔭《かげ》で彼自身は、ショック状態から少しだけ脱することができた。

とはいえ図書館で新聞の縮刷版を読むのは、もうこれ以上は無理だと判断した。何を調べているのか気づかれるのも、できれば避けたい。

「もう行こう。ほら、早く」

貢太郎は、まだ記事から目を離さないでいる礼奈から縮刷版を取り上げると、六冊を一度にカウンターへと戻し、啞然《あぜん》としている図書館員に礼を述べつつ、茫然自失《ぼうぜんじしつ》の彼女の手を取り急いで図書館から飛び出した。

「ど、どこへ行くの？」

引っ張られるまま彼について走っていた礼奈が、かなり図書館から離れたところで小さく叫んだ。

「ど、どこって……」

思わず立ち止まった貢太郎は、自分がまだ彼女の手を握っていることに気づき、慌てて離してから、

「どこか話のできるところ——」

「じゃあ、あっちに小さな公園があるから、そこに行きましょ。自転車は帰るとき、取りに寄ればいいでしょ」

自転車のことなどすっかり忘れていた彼は、その提案に素直に頷《うなず》くと、礼奈が示した方向へと歩き出した。

そこから二人の足取りは、急に重くなった。どちらも口を閉ざしたまま黙々と歩を進めるばかりである。なまじ図書館で騒ぎを起こし、一緒に逃げ出すような体験を共有した二人は、つい先程まで非常に高揚した気分に包まれていた。それが、今から忌まわしい過去の現実に対峙《たいじ》するのだと思うと、気持ちの高鳴りも一瞬にして冷め、たちまち二人の間に重苦しい空気が漂いはじめた。

やがて、遊具と砂場が申し訳程度に設置された小さな公園に到着した。奥にベンチがあったので、どちらからともなく自然に座る。

春休みだというのに公園には子供の遊ぶ姿がひとりも見えず、とても静かだった。も

っとも貢太郎と礼奈の間には、それ以上の静寂が存在していた。しかも単に森閑として いるだけでなく、その状態を自らが破ることを二人とも非常に恐れている、そんな異様な空気が流れていた。

「既視感は、本物だったんだ……」

溜息《ためいき》を吐くように、ぽつりと貢太郎が呟《つぶや》いた。

「あの家に貢太郎君が住んでいた——ってことよね」

どこか遠慮するような口調で、彼の言葉を礼奈が受ける。

「おそらく僕は、ここで生まれ育ったんだよ。でも、完全に物心がつく前に——」

「あの事件が起こった……」

貢太郎がうなだれたので、礼奈が彼の横顔を心配そうに見つめた。ただ、黙り込んでしまうよりも話をした方が良いと判断したのか、

「それじゃ千葉のご両親は——」

と続けようとして、あまりに話題がデリケートであることに気づいたらしい。結局そのまま口籠《ごも》ってしまった。

ところが貢太郎は、むしろ淡々とした調子で、

「父さんには兄が、母さんには姉がいたらしいんだけど、二人とも十数年も前に病死したって聞いてる」

「えっ……まさか、その兄さんと姉さんというのが——」

「うちの父さんの名前は貢次《こうじ》で、母さんの名前は佐織《さおり》なんだ」

「ええっと、確か記事には――」

「父親が貢市で、母親が梓織と書かれていた」

「どういうこと？　つまり一組の兄弟と一組の姉妹が、それぞれ結婚したってわけ？」

それまで沈んでいた礼奈の声が、ここで一気に跳ね上がった。

「多分……ね」

「つまり長男と長女、次男と次女っていう組み合わせだったの」

「そして僕は、その長男と長女の、貢市と梓織の長男として生まれた。それで事件の後、きっと子供のいなかった父さんと母さんが、僕を引き取ってくれたんだ」

「うん……。本当は、叔父《おじ》さんと叔母《おば》さんに――」

「違う！　千葉の方が、ほんとの父さんと母さんだよ！」

自分でもなぜか分からぬうちに、貢太郎は激昂《げきこう》していた。しかし、それも礼奈が「ごめんね」と謝りながら、何とも言えぬ辛《つら》い表情で彼を見ているのを目にして、すうっと冷めてしまった。

「い、いや……ぼ、僕こそ……ご、ごめん……」

弱々しいながらも礼奈は微笑みを返したが、すぐはっと表情を変えて、

「そっか！　うちの兄貴が見たっていう、あの家の掃除をしていた大家さんらしい人って、ひょっとすると貢太郎君のお祖母《ばあ》さんだったんじゃない？」

「えっ……あっ、そうか……。家賃が安いんじゃなくて、そんなもの最初からいらなかったんだ。事件の後、おそらくお祖母ちゃんの家になってたんだ」

「けど、お祖母さんも千葉のご両親も、さすがに貢太郎君と一緒に住む気にはならなかった。でも、貸そうにも借り手がいない。売ろうにも売れない。かといって放っておいたら、それこそお化け屋敷になっちゃう。それで定期的に掃除だけしてた」

「うん。ところが、父さんと母さんが死んで、借家も追い出されて、きっとお祖母ちゃん困ったんだ。僕を引き取るには、お祖母ちゃんの借りてたアパートは、あまりにも狭かったから……。そのとき、この家のことを思い出した。広さは充分過ぎるくらいだし、何と言っても家賃がいらない。お祖母ちゃんには、とっても良いアイデアに思えたんだよ」

「こんなこと言うと、あれなんだけど……」

「自分の家族が殺された家なのに――ってこと？」

あっさりと貢太郎が口にしたため、礼奈の方が慌てた。だが、彼はむしろ苦笑さえ浮かべながら、

「うちのお祖母ちゃん、迷信じみたことは大嫌いなんだ。だから幽霊が出るなんて、これっぽっちも考えなかったと思う。ただし信心深いからさ――それでか、それで引っ越し以来、朝と晩には必ず熱心に仏壇を拝んでたんだ。あれはお祖母ちゃんなりの供養だったんだよ、きっと」

「貢太郎君、お姉さんと弟さんがいたんだね」

遠慮がちに礼奈が言った。

「当時、姉の香織が五歳で、弟の貢二が生後六ヵ月……」

そして自分は三歳を迎える前だった、という年齢の差が、なぜか生存の分かれ目のように彼には思えた。

「絶対に犯人……異常だよ」

怒りと恐れの入り交じった口調で、彼女が呟く。

「犯人の名前……見た？」

「うん。まさか化物屋敷の息子だったとは――。〈上野〉って書いて〈かみつけ〉って読むなんて、まったく知らなかったもの」

「そうだね」

「もう！　お祖父《じい》ちゃんは知ってたくせに、なーんにも教えてくれないんだから」

「事件のことを隠そうとするのは、町内会の会長なんだから仕方ないよ。うちのお祖母ちゃんからも、そうしてくれって頼まれたに違いないしさ。それにお祖父さんには、〈かみつ〉って名字の人がいなかったかを訊《き》いたんだろ。〈かみつけ〉って言ったわけじゃない」

「それは、そうだけど……」

いずれ彼女の不満は形を変えて、祖父に向けられそうだと思った貢太郎は、こんな状況の中でも少し滑稽《こっけい》な気分になった。

もちろん彼の思いなど知る由もない礼奈は、

「私、最後まで記事を読んでないから、よく分からないんだけど、犯人の動機って何だったの？」

物凄《ものすご》く気味悪そうな様子で、そう訊いてきた。

「それは、僕も同じようなものだよ。ただ、どうやら高校受験に失敗したのが動機のようだと……」

「何よ、それ？　そんなことの腹いせに、何の関係もない近所の家族を、皆殺しにしようとしたっていうの？」

怯《おび》えていた彼女の顔つきが一転、怒りの表情に変わった。

「あの記事には、それ以上のことは何も書かれてなかったと思う。おそらく続報も読まないと、本当のところは分からないんじゃないかな」

「他の図書館に行ってみる？　自転車なら隣の市でも――」

そこで礼奈は急に言葉を切ると、しばらく考え込むような素振りを見せてから、

「ねぇ、やっぱりシミちゃんに相談しない？　事件の全体をちゃんと理解するためには、いずれ大人の協力がいると思うの。だったら、今から頼んだ方が――」

「実は僕も、そう感じてた」

思わぬ貢太郎の同意に、礼奈は驚いたようだった。ただし、その驚きは別の驚きへと、

すぐさま変わることになる。

「それで、僕たちの味方になってくれそうな大人を考えると、確かにシミちゃんはぴったりだと思う。でも、こんな言い方して悪いけど、きっと彼女じゃ力不足なんだ」

「えっ？」

「引っ越して来て間もないってことじゃ、彼女も僕と大して変わらない。やっぱりここは事件について、よく知ってる人に当たるしかないと思う」

「町の誰かってこと？　けど、そんな人は――」

「あの爺《じい》さんがいるじゃないか」

「ええっ！　小久保のお爺ちゃん？　で、でも、それは無理じゃ……」

彼の試みが無駄に終わることを確信しているような、礼奈の反応である。

「もちろん簡単にはいかないかもしれない」

「うん。百害あって一利なし――って言葉があるでしょ。私、そうなるような気がする。だったら、まだうちのお祖父ちゃんを説得して、話を聞き出す方が――」

「いや、僕があの爺さんを選んだのは、新聞記事に書かれている以上のことを、あの人が知ってるんじゃないかと思うからなんだ」

「どういうこと？」

「それは……まだ僕にも、よく分からない。ただ、あの爺さんは、『坊主、お帰り』って言った。つまり十年前の事件で、ひとりだけ助かった子供が、僕だって知ってることになる。もちろん、それは町の人たち全員が分かってることかもしれない。でも、僕たちが引っ越して来た日、あの爺さんは小久保家の庭から一歩も外へ出ていないはずだろ。なのに僕が森の前に立ってると、『坊主、お帰り』って言った——」

「お爺ちゃんちの庭から貢太郎君の家は、道が『く』の字に曲がってるから見えるわけがない。なのにお爺ちゃんには、貢太郎君が誰であるかが分かった……？」

「このことだけでも、あの爺さんが何かを知ってるのは間違いないと思う」

「それも、常識では考えられないようなこと……を？」

「うん。事件の犯人が、高校受験に失敗した上野の息子というのは、その通りなんだろうけど——そこには、その背後には、あの森も関わってるような気がする」

貢太郎は、東四丁目の町並みと棟像家を凝視していた子供のこと、主寝室で遭遇した絵本を読む父親のことを、礼奈に打ち明けた。〈さいごのいえ〉という絵本の中に、〈ひとくい〉という存在が出てきたことも。

小久保老人から話を聞くという案を、礼奈が承知したところで、二人は図書館の駐輪場へと戻った。ただ、もう昼になろうという時間にもかかわらず、さすがに二人とも食欲が湧かない。それでも午後からのことを考えると、少しでも食べておく必要がある。

「それじゃ、あの緑の丘まで競走！」

礼奈が突然そう叫んだかと思うと、自転車に飛び乗って走り出した。

「えっ……」

一瞬の後れをとったものの、慌てて貢太郎も後を追う。

そうして二人は水曜日に行った酒川沿《のがわ》いの丘まで、全速力で自転車を走らせることになった。適度な運動と良い景色が食欲を増進させると、彼女なりに考えたのだろう。

「いっちばーんのーり！」

大きな桜の木の下には、礼奈の方が先に着いた。正直なところ途中で抜こうと思えばできたが、貢太郎はあえて彼女の背中を見ながら走った。

食事中と食後の一服中は、お互い当たり障りのない話題を選んだ。彼は無理に、彼女とピクニックに来ているのだと思おうとした。だが、さすがにそれは不可能だった。言葉にも態度にも出さなかったが、頭の中には柿の木の側に佇《たたず》む怪老人の姿が、ちらちらと瞬き続けていた。

「それでどうするの？」

いよいよ出発というとき、礼奈が具体的な話をした。

「まず私が見張って、小久保のお爺ちゃんが庭に出て来たところで、貢太郎君の家に電話しようか。で、うちの前で落ち合ってから――」

「いや、直接でいいと思う」

「えっ……直接って、じかに小久保のお爺ちゃんを訪ねるってこと？」

貢太郎のきっぱりとした物言いに、礼奈は戸惑いを覚えているようで、

「でも、おそらく相手にしてくれないよ。まだ庭にいるときに話しかけた方が――」

「それだと、垣根をはさんだ立ち話になってしまうだろ。もっとじっくり話を聞けるような状態でないとだめだと思う」

「うーん……けど訪ねるとなったら、近所の人に見られるんじゃ……」

「それは立ち話も一緒だし、ずっと立ったまま話をしている方が、絶対に目立つよ。それより一か八《ばち》か家を訪ねて、中に入れてもらうことを狙った方がいい」

「貢太郎君、何か策があるの？」

妙に強気な様子から、そう礼奈は感じたらしいが、そんなものが貢太郎にあろうはずもない。しかしながら、なぜか自信はあった。きっと小久保老人が自分を受け入れるだろうという予感がしていた。

「あんな風に話しかけたってことは、僕に興味を持ってる証拠だと思うんだ」

もっとも礼奈には、自分の特殊な感覚を上手《うま》く説明できそうにもなかったので、無難な説明をしておいた。

町に戻った二人はそれぞれの家に自転車を置くと、一緒に小久保家へと向かった。幸いなことに東四丁目は、まるで午睡に入ったかのように静かで、家の外に出ている人の姿などどこにも見られない。

それでも小久保家の前まで来ると、礼奈には門の前で見張りに立ってもらい、貢太郎が玄関で老人に呼びかけるという、お互いの役割を決めた。もし老人との交渉が長引き、町の誰かの注意を引いてしまいそうな場合、彼女が警告の合図を発するので、改めて出直すという段取りだった。また老人の反応によっては、他の協力者を探す必要があるかもしれない。

ただし貢太郎は、これが最初で最後の機会だという気持ちで、小久保家の玄関扉の前に立っていた。

大丈夫だ。上手くいく。そう自分に言い聞かすと、とりあえずインターホンを押す。だが、妙に手《て》応《ごた》えが感じられない。家の内部で鳴っている気配も伝わってこない。壊れているのかもしれない。そこで扉をノックしてみた。最初は遠慮がちに小さく。そして次第に大きくノックを繰り返す。

いないわけではないだろう。とすると居留守を使われているのか。でも、訪ねて来たのが自分だと分かれば——と思ったところで、扉の横の細長い磨硝子《すりガラス》越しに、内部で蠢《うごめ》く人影を認めた。

「こ、小久保さん……」

貢太郎が呼びかけたとたん、人影の動きがぴたっと止まった。

「十年前に棟像の家族が住んでいた家に、引っ越して来た棟像貢太郎です。あの事件でひとりだけ無事だった、長男の貢太郎です。事件について、どうしても小久保さんとお話がしたいんです」

気がつくと彼は自分でも驚くほど流暢《りゅうちょう》に、そんな台詞《せりふ》を口にしていた。

すると、磨硝子の向こう側で再び人影が動き出したように見えた。自分の訴えを老人が理解したのだと喜んだのも束の間、そのまま影はすっと消えて、奥に引っ込んだように映った。

妙な自信があっただけに、物凄《ものすご》い絶望感に貢太郎が囚《とら》われかけたとき、
ガチャ……。

急に玄関扉の内側で鍵《かぎ》を外す音が聞こえ、ゆっくりと目の前の扉が開きはじめた。奥に入ったのではなく、この扉のすぐ向こうにいたのだ。

とたんに心臓のばくばくという鼓動が耳を打ち、今すぐ逃げ出したいという衝動に駆られる。なんとか必死になだめ、次第に開けられてゆく扉に、その後ろにいるはずの人物へと、彼は目を向けた。

やがて現れたのは、引っ越しの当日に薄気味の悪い声をかけてきた、あの小久保老人だった。それは間違いなかった。相変わらず奇っ怪な容貌《ようぼう》と見すぼらしい身なりをした、年齢不詳の小柄な老人である。なのに根本的な部分で、まったく違っているように見えている。

「さぁ、入って――」

その違和感は、老人の口から出た言葉によっても証明された。しっかりとした、まともな口調に聞こえたからだ。

「あ、あのー……」

「わしに話があって来たんじゃろ。なら、こんなとこで立ち話もできまい」

祖母とは違うが、どこか関西の言葉に近いような調子である。

「は、はい……」

貢太郎は慌てて振り返ると、ぽかんとした表情でこちらの様子を窺《うかが》っている礼奈を手招きして呼び寄せた。

「なんじゃ、連れがおるのか。まぁいい。さぁ、上がりなさい」

そう言って老人は二人を促すと、自分はさっさと家の中に入ってしまった。

この展開には礼奈も度肝を抜かれたのか、言葉も出てこないようである。ひたすら貢太郎の背に半分隠れて、恐る恐る屋内を覗《のぞ》き込んでいる。

「何をしておる。遠慮はいらんぞ」

そこに奥から、やや苛立《いらだ》たし気な老人の声が響いた。

「お、お、お邪魔します」

覚悟を決めた貢太郎が玄関の三和土《たたき》に足を踏み入れると、すかさず礼奈も後に続き、二人の後ろで扉が静かに閉まった。

「し、失礼します」

靴を脱いで上がったとたん、足元で埃《ほこり》が渦を巻いた。

「今日のは、お気に入りの靴下なのに……」

まったく掃除のされていない床を見ながら、礼奈が泣きそうな顔で囁《ささや》く。

彼が同情する表情を浮かべつつも、はっきり首を振ると、彼女も仕方なさそうに靴を脱いだ。それから二人はそろって、そろそろと足を踏み出しはじめた。

「ようよう来たか。こっちじゃ」

すぐに奥から声が上がったので、薄暗い廊下を足早に進む。すると応接間と思《おぼ》しき部屋で、老人が待っていた。そこは家の外観からは想像もできないような、ちぐはぐな洋間の造りだった。

「まぁ適当に、どこでも座ってくれ」

と言われたが、どう見ても老人の前の三人掛けのソファしか、腰を下ろせる場所はない。革張りのあちこちに亀裂が走り、中から詰め物が顔を覗かせ、おまけに革の表面に積もっている埃が、明らかに肉眼でも確認できるソファである。

そおっと静かに、まず貢太郎が座る。次いで彼のすぐ横に寄り添うようにして、礼奈もゆっくりと腰を掛ける。だが、もうその動きだけで二人の周囲には、春風に乗って漂う綿毛のように埃が舞い上がっていた。

「ところで、あんたたちと会うのは、これがはじめてじゃないな」

じっと二人を観察していたらしい小久保に訊《き》かれ、やはり勝手が違うような気が貢太郎はした。ただ、まともに相手が喋《しゃべ》れるのは歓迎すべきだったので、自分が月曜日に、礼奈が木曜日に、それぞれ庭で会ったことを伝えた。

「ふんふん、そっちのお嬢ちゃんは、そう言えば何度か会《お》うたような気がする」

おそらく彼女が、たまに老人に話しかけると言っていたのが、それに当たるのだろうと彼は思った。しかし、どう見てもあのときの怪老人と目の前の小久保とでは、あまりにも様子が違い過ぎるのが気になった。

「あのー、庭で誰と会ったのか――あまり覚えてないんですか」

それで遠慮がちな口調ながら、恐る恐る尋ねてみた。

「うむ……実はな、ふと気づくと、庭の柿の木の側に立っとることが多くてな。しかもその間のことは、ほとんど覚えておらん……」

「そ、そうなんですか――」

考えてみれば、老人も四六時中あの状態では、日常生活など送れるはずがない。要は庭に出ている――それも無意識に――ときだけ、惚《ぼ》けたようになってしまうらしい。

「十年前に家内が、由枝が、あの柿の木で首を縊《くく》ってからじゃな。きっと――」

「な、何が、あったんです？」

貢太郎は、十年前の三月の新聞記事を図書館の縮刷版で見たこと、自分がそのとき被害に遭った棟像家の生き残りであること、上総《かずさ》の森とあの家で信じられないような怪異に遭遇したこと、を老人に話した。

もっとも最後の怪異体験だけは、あまり具体的には説明しなかった。この老人なら大丈夫だと感じたものの、用心するに越したことはない。

「うーむ」

小久保は黙って耳を傾けていたが、貢太郎の話が終わると大きく唸《うな》るような溜息《ためいき》を吐いて、考え込むように頭《こうべ》を垂れてしまった。

「庭で僕に声をかけたのは、どうしてです?」

いつまで経っても老人が口を開かないため、しびれを切らして問いかけると、

「いや、申し訳ないが、庭に出ておるときのことは、あまり記憶にないのでな。ところで、わしは何を言うた?」

逆に問い返された。そこで貢太郎は老人に言われた言葉を、できる限り正確に思い出して伝えた。

「なるほどなぁ……。この歳になると、もう怖いと思うものなど大してないが、あんたがあの家に引っ越して来たと思うとな、なんとも恐ろしゅうなるわ」

「…………」

貢太郎と礼奈は思わず顔を見合わせたが、お互い無言である。

「この辺り一帯は、かつてはすべて上総家の地所でな」

すると、そんな二人の素振りなどまったく目に入っていないかのように、小久保が急に喋りはじめた。

「それが戦後の農地改革で、一気に土地の大半を失《うしの》うてしまいよった。まぁ、それがケチのつきはじめじゃな。新たに手を出した事業も次々と失敗して、あれよあれよという間に没落の一途を辿《たど》ったわけじゃが——」

戦後の上総家の運命と上野家との関係について、老人はかなり詳細に語った。基本的

には礼奈が話してくれた内容と大差はなかったため、貢太郎は少し焦《じ》れた。

「――つまり、もう上総の家など、この土地の住人には何の意味もないという時代になっても、上野家のやつらは違ったんじゃ」

「自分たちは特別だ――そう思ってたって聞いたんですが」

思わず彼が口をはさむと、小久保は大きく頷《うなず》きながら、

「上総家と上野家が、遠戚《えんせき》関係にあることは話したな。で、あそこの一族にはご大層な名字が多かったんじゃが、そんなことさえ鼻にかける連中でな。自分の名字を〈うえの〉とでも読まれようものなら激怒して、お前らとは身分が違うと言い出す始末じゃ。まだ上総家の末裔《まつえい》がそう言うなら、まぁ納得もできるが、上野家のやつらではまったく話にもならん。だいたい遠戚だと威張るが――」

「あのー、すみませんが……」

このままだと当分は事件に行き着かないと心配した貢太郎が、話の軌道修正をしようとしたところ、

「うん？　おおっ、すまんすまん。年寄りは話がくどくなっていかんな」

それを察したらしく、老人は照れたように頭を掻《か》きながら、

「で、その上野の家じゃが、当時は父親の嗣胤《つぐたね》、母親の亜紀子《あきこ》、長男の郡司《ぐんじ》、長女の司命《しめい》という四人の家族が住んでおった。同じ遠戚とはいえ、もう上総家との関係の薄かった家から嫁いだ母親を除けば、父と兄妹《きょうだい》の名前が、なんとも大層なことが分かるじゃ

ろ」

そう訊かれたが、貢太郎にはよく分からない。どうやら礼奈も同じらしい。それでも二人とも同時に頷き、老人に先を促す。

「とはいうても、まだ子供たちが小さいうちは増しじゃった。兄の郡司が中学生になって、上総の森に入り浸るようになってからじゃな。あそこの家族が、急激におかしゅうなっていったのは……」

「どうしてです？」

「森の奥の屋敷神を、息子が狂信的なまでに信心しはじめたからじゃ。もちろん先祖代々にわたって続いておる、あの家の信仰ではあった。けど、郡司のは度が過ぎておった」

礼奈の話にあった頭のおかしい住人というのは、このことを差していたのだ。

「あいつの狂信は、そのうち家族にも影響を与えはじめた。しかも、いつしか郡司が教祖で、両親も妹も、まるでやつの信者のようになってしまってな。後から考えると、事件が起こる三年ほど前から、すっかり上野の家はおかしゅうなってたんじゃな」

「町の人たちは……」

「もちろん見て見ぬふりをしておった。触らぬ神に祟《たた》りなしじゃからな。それに屋敷神への狂信も、息子の教祖化も、あの家の内部だけで留《とど》まっとれば、別に誰が迷惑を受けるわけでもない」

「はぁ……」

「それがな、あるとき裏目に出よった」

そこで小久保が、急に声音を変えた。思わず背筋がぞくっとするような、陰に籠《こも》った口調である。

「ちょうど十年前の今ごろじゃった。いや、そもそもは二月の半ば過ぎになるのか……中学三年生の郡司がな、高校受験に失敗しよった。滑り止めを一校も受けてなかったやつは、浪人するしかなくてな。なのにあろうことか、高校に落ちたのは上総の森の屋敷神のせいだと考えた。日ごろから自分は信心をしとるのに、裏切られたと思ったわけじゃ。それで愚かにも、なんと神様を逆恨みした」

「も、もしかすると、ほ、祠《ほこら》に手をかけたんじゃないですか」

貢太郎の脳裏には、森の中で目にした何とも奇妙な祠の有り様が蘇《よみがえ》っている。

「そうじゃ。この辺りの者はみな、昔から森を恐れて近づかなんだ。だから祀《まつ》ることなど一切なかったが、その代わり無礼を働くこともなかった。いかに薄気味が悪かろうが、相手は神様じゃからな。それをあの阿呆《あほう》は、徹底的に破壊した」

「家族は誰も止めな――」

かったんですか、と訊《き》きかけて、貢太郎は言葉を呑《の》んだ。

小久保の様子が突然、おかしくなったからだ。どこか虚《うつ》ろな眼差《まなざ》しで、半ば口を開いたまま、茫然《ぼうぜん》としているように見える。まるで庭で会ったときの、あの無気味な怪老人に戻ったような雰囲気である。

「あ、あのー、だ、大丈夫ですか」

「お、お水を……持ってきましょうか」

貢太郎と礼奈が口々に心配したが、その言葉に老人はまったく反応を示さない。

「そんな暴挙が三月の最初の週でな。で、その翌週じゃった――」

淡々とした口調ながら、全身の皮膚が粟立《あわだ》つような調子で、

「わしの家内が、庭の柿の木で首を縊ったのは……」

「えっ？」

あまりに唐突だったので、貢太郎も一瞬、何のことを言っているのかと戸惑った。しかし小久保は気にした風もなく、

「確かに病気を苦にしてはおったが、自殺するほどではない。だからわしは、どうしても腑《ふ》に落ちなんだ」

「……………」

「その翌週じゃった。大柴さんとこの爺《じい》さんが、急に亡くなった」

「ええっ？」

「前の日まで極めて普通に、元気にしていた爺さんが、突然ぽっくり逝ってしもうた。家人が見つけたとき、庭に出した椅子に座って、わしの家の方を向いたまま、物凄《ものすご》く驚いたような、恐ろし気な表情を浮かべてたらしい」

「そ、それは一体——」

「そのさらに翌週、今度は石橋さんの家で、同居していた弟さんが亡くなった」

「………」

「朝、出勤したと思ったら、しばらくして戻って来たらしい。駅に行く途中で、車にぶつかったと言うてな。それで石橋さんの奥さんが、大丈夫なのかと慌てたけど、本人は痛いところもないと汚れた服を着替えただけで、また出かけようとした。で、玄関を出たところで倒れて、それっきり……。結局は轢《ひ》き逃げになってしもうて——」

「ちょ、ちょっと待って下さい！」

なおも話を続けようとした老人を、貢太郎が遮った。

「一体どういうことですか。郡司という息子の話は、上総の森の祠の話は、どうなったんです？　そもそも今のお話の、立て続けに亡くなった人たちは——」

と勢い込んで喋《しゃべ》りかけた彼は、はっと驚愕《きょうがく》の表情を急に浮かべると、

「ま、まさか……壊した祠の祟りによって、関係のない町の人たちが、次々に死にはじめたって言うつもりじゃ——」

小久保は右手を上げると貢太郎の口を封じ、次いでその手で二人を招くような動きを見せつつ、自分も身を乗り出してきた。そして意味ありげに声を潜めながら、

「森の入口に、石畳の参道が見えるじゃろ。あれは何度か折れ曲がったうえで、森の中の祠へと通じておる」

説明されなくても知っていたが、もちろん黙って聞く姿勢をとる。

「それを祠の方から見ると、どうなるか――。まず参道は、祠の前を一直線に延びとる。それが果てたところで、右手斜めへと折れ、しばらく続いてから今度は左手斜めへと曲がる。それから同じ距離だけ延びると、再び右手斜めへと折れる。これを繰り返して、あの森の入口へ達するわけじゃ」

説明しながらも老人は周囲に目をやり、裏側に印刷のない広告と鉛筆を見つけて、チラシの白い面に石畳を表す線を引きはじめた。

「ええか。この最初の曲がり角に、わしの家があるとする。で、この家を基点に考えると、ここから延びる線は、左手斜めへ向かうことになるわな。つまり、わしの家から見て、大柴さんの家の方角になる。次に、その大柴家から見ると、線は右手斜めへと延びることになり、その先には石橋さんの家がある」

「な、何の話です?」

「祠が破壊されたことにより解き放たれてしまったものが、参道を伝って森から出たところで、その道筋と同じ順路で、この東四丁目の家々を進んだ――ように見えんか」

「えっ……」

「祠が壊された翌週から毎週、それが石畳の道程に合わせて、この町の家から家へと移動しながら、立ち寄った先で次々と人死《ひとじに》を出した――ように思えんか」

「そ、そ、そんな……」

「そして石橋家の次が、その四番目が上野家であり、このまま放っておくと翌週には、自分の家族の誰かが死ぬと、頭のいかれた息子が思い込んだとしたら……」

「……」

「しかも、それを阻止するためには、五番目に当たる棟像家から先に人死を出してしまえば良いのだ――という狂った考えに郡司がとり憑《つ》かれたとしたら……」

十二　連鎖

貢太郎は突如、目の前が真っ暗になったような気がした。実際、急に雨雲が空一面を覆ってしまい、それで窓から陽の光が射し込まなくなったのではないか、と思ったくらいである。

ところが、そうでないことはすぐ分かった。礼奈が彼の肩に手をかけた状態で、何度も揺さぶりながら名前を呼んでいることに気づいたとたん、元に戻ったからだ。

「貢太郎君……。ねぇ、貢太郎君……」

「あぁ、うん……。ちょっと、目眩《めまい》でも、したのかな……」

「ほんとに大丈夫？　なんなら今日は、もうこれくらいで――」

今にも彼を促して立とうとする彼女を、意外にも小久保が押し止めた。どうやら正気に戻ったらしい。

「いやいや、これは面目ないことをした。彼が当事者じゃいうことを、すっかり失念しておった。本当に申し訳ない」

「あまり一度に、こんなことを知るのは――」

「ああ、お嬢さんの言う通りじゃ。しかしな、まだ肝心な話が――」

「それは、また明日《あした》にでも――」

「いや、僕なら何ともないから」

二人のやり取りに、貢太郎が割って入った。その青ざめた顔色を見て礼奈が首を振りかけたが、彼は彼女をじっと見つめると、

「ここまで聞いたんだから、最後まで教えてもらおう。大丈夫だよ。確かに本当の両親と姉弟《きょうだい》、そして祖母に当たる人たちのことだけど、その記憶が僕にはないんだから。立ち直れないほどの物凄いショックを受けた――っていうほどじゃないです」

最後は小久保に顔を向けて、そう断わっていた。

「うむ、それならいいんじゃが……」

少し安堵《あんど》した老人に反して、礼奈は疑わしそうな眼差しである。それでも貢太郎の意志が固いと分かったのか、浮かしかけた腰を再びソファへと沈めた。が、すぐに怒りも露《あらわ》な様子で口を開き、

「そんな動機で、何の罪もない人を殺しただなんて……。その郡司っていう中学生は、完全に狂ってます！　第一それに、四番目の自分の家よりも先に、五番目の家から死人を出すことが目的なら、ひとりだけでいいわけでしょ？　どうして家族全員を殺す必要があるんですか」

「なぜ連続殺人を犯したのか――それについては、まったく何も分かっておらん」

「そ、そんなぁ……」

「ひとりを殺《あや》めた瞬間、やつの中で箍《たが》のようなものが外れたとでも考えるしか、おそらくないんじゃろうな」

「あ、頭がおかしいのよ。そんなとんでもないことを考えるだけじゃなく、本当に実行までして、しかも家族全員を——」

「どんな状況だったんでしょうか」

興奮する礼奈をなだめるように、貢太郎は彼女の腕をそっとたたくと、小久保に事件の詳細な説明を求めた。

「三月の最終週に入ったある日の夕方、つまり彼の考え——いや妄想——からいけば、次は我が家から死人が出ると信じた週じゃな。郡司は自宅から父親の登山ナイフを持って、棟像家へと向かった。そしてまず和室に入ると、祖母の糸子さんを刺した。それからキッチンへ行くと母親の梓織さんを滅多刺しにしたうえ、そこにあった包丁を使って、彼女の首を切り落とした。そのとき梓織さんは、リビングに生後六ヵ月の貢二君を寝かせていた。郡司は赤ん坊を抱きかかえると風呂場《ふろば》へ赴き、天井、壁、床、それに湯舟まで使って、貢二君をたたき殺した」

「ひ、酷《ひど》い……」

短い礼奈の呟《つぶや》きに、憤怒と嫌悪と悲観といった彼女のあらゆる感情が込められていることが、その腕の震えから貢太郎にも伝わってくる。

「それから郡司はキッチンに戻り、凶器となる新たな包丁を物色してから二階へ上がった。その日、寝室では風邪のために会社を休んだ父親の貢市さんが寝ていた。やつは貢市さんを起こさないように近づくと、喉《のど》を切り裂いた。そして二階の奥へと進むと、廊下の左手の部屋に入って、そこにいた香織ちゃんを母親と同じように滅多刺しにした。ただ大人の梓織さんに比べると香織ちゃんは小さかったため、彼女の四肢と首は、ほとんど身体から千切れかかっていたという」

「…………」

もう言葉も出ないのか、ただただ礼奈は身体を震わせている。それを慰めるように、再び彼女の腕に貢太郎は触れた。もっとも彼の心情としては、自分こそが彼女にすがっている気持ちの方が強かったかもしれない。

「香織ちゃんを殺害した郡司は、自宅へと戻った」

二人の反応には無頓着《むとんちゃく》に、老人は落ち着いた口調で淡々と事件の話を続ける。

「やつは家に帰ると、自分が棟像の家族をひとりずつ殺害したことを、とうとう喋《しゃべ》った。だが、そこで両親から、ひとりだけ殺し損《そこ》なっていることを教えられた。普段から町の住人には何の関心も示さなかった郡司は、棟像の家族構成を知らなかったんじゃな。で、やつは再び刃物を手にすると、棟像家へと取って返した。そして二階へ上がり、廊下の奥にある部屋まで行って、最後のひとりを殺そうとした」

「それが僕……ですね？」

貢太郎の問いかけに小久保が頷《うなず》くと、礼奈がかすれたような声音で、

「一体どうやって、貢太郎君は助かったんですか」

「郡司が部屋に入ろうとした寸前、やつは警官に射殺された」

「えっ……」

あまりにも意外な答えに、貢太郎は身を乗り出していた。

「近所の人が事件に気づいて、警察に通報したんですか」

「いや、たまたま交番の巡査が、この付近を巡回してたんじゃな。で、全身に血を浴びた少年が、手に刃物を持って、一軒の家に入って行くのを目撃した。すぐに後を追って自分も入ると、廊下の奥の襖《ふすま》が少しだけ開いていて、そこから血塗《ちまみ》れの手が出ていた」

「それは、お祖母《ばあ》ちゃん？」

「あぁ。どうやら相手が年寄りだったために、やつは判断を過ったらしく、彼女に止《とど》めを刺していなかった。現場の和室には、糸子さんが襖まで這《は》った跡があり、廊下へ出ようとしたところで絶命したと考えられた。老婆が死んでいるのを発見した巡査は、慌てて二階へと駆け上がった。少年が階段を上ったのを、辛うじて目にしてたんじゃな」

「………」

「そこで、はじめて巡査に気づいた郡司が、刃物を振り上げながら廊下の奥の部屋へと走った。当然、巡査は止まるよう命じた。しかし、相手は止まらない。そのまま部屋の扉を開けて、中へ入ろうとした。で、とっさに巡査は拳銃《けんじゅう》を抜くと、やつを撃った」

「…………」

「もちろん、この巡査の取った行動は問題になった。相手が未成年だったこと。凶器は刃物だけだったこと。部屋の中に被害者となるべき人物がいたかどうか、このとき巡査には判断できなかったこと。発砲が背中からだったこと。祖母の遺体を確認したとはいえ、その犯人が少年に間違いないと、巡査が確認できる状況ではなかったこと。その他、色々な問題があった」

「で、でも——」

「そう……。家の中から五つもの、それも惨殺された遺体が発見されて、そんなことは問題ではなくなってしもうた。こういう言い方は良くないが、その若い巡査は、あまりにも凄惨《せいさん》な事件そのものに、まぁ救われたことになるな」

「あのー、一つ分からないことがあるんですけど……」

ためらいがちな貢太郎の物言いに、小久保が問いた気な顔を返す。

「郡司が最初に、あの家に入ったとき——彼は二階の一番奥の部屋を、どうして覗《のぞ》かなかったんでしょう？　何人家族か知らなかったのなら、逆にすべての部屋の中を改めるんじゃないでしょうか」

「いや、やつは覗いたんじゃ。しかし、そのとき貢太郎君は、あんたは、洋服箪笥《だんす》の中に隠れとった。それに郡司は気づかなかった。ところが、家に戻って六人目の存在を知らされて、ようやく奥の部屋に最後のひとりが隠れていたことを悟った。だから、やつは真っ直ぐ二階の奥へと突き進んだ」

老人の説明を理解するや否や、貢太郎は真っ暗な闇に包まれたかと思うと、前方に細長い縦の光が輝きはじめるのを認めた。やがて、その光の帯が徐々に幅を広げてゆき、漆黒の世界から眩《まばゆ》いばかりの空間へ彼が出ようとしたところで、黒々とした邪悪な影が、目の前に立ちはだかって――。

（あの何度も繰り返して見た悪夢は、このときの体験が歪《ゆが》んだものだったんだ……。暗がりは洋服簞笥の中に隠れていたからで、縦に長い光の帯は、少しだけ開いた簞笥の扉だったのか……）

再び心配そうに呼びかける礼奈の声を耳にしながら、貢太郎は意外にも冷静に悪夢の分析を行っていた。

「ちょっと、貢太郎君――」

「うん……何でもない。大丈夫だから――。それで、事件はどうなったんです？」

無理に作った笑みを礼奈に向けると、貢太郎は老人に先をせがんだ。

「上野《かみつけ》郡司が犯人であることは、現場と本人に残された様々な証拠から、間違いないことが確認された。最大の謎の動機については、先程の説明の通りでな。これは、やつの日記からも読み取れたらしい」

「彼は一体、どんな人間……」

「わしの見た感じ、実年齢よりも幼いように思えたな。童顔ということもあったが、いかにも精神年齢が低いというか、幼稚なところが見受けられた。強い者には弱く、弱い者には強いという厭《いや》な性格をしておった。そのせいもあって典型的な内弁慶でな。あいつと家族との関係が、まるで新興宗教における教祖と信者のようにならなんだら、おそらくやつは家庭内暴力という問題を起こしとったに違いない」

「彼の家族は、父親や母親は、最初から息子が何をするつもりなのか、そしてその理由も、みんな知ってたんでしょうか」

「そこが何とも微妙でな」

小久保は苦々しそうな表情を見せると、

「やつが一度は家に帰り、そこから再び棟像家へ戻っていることは、警官の証言からも明らかじゃ。あんたを洋服箪笥の中で見つけたのも、その巡査じゃったから、先程のわしのまるで見て来たような説明も、ほぼ間違っとらんと思う。ただ、一旦《いったん》は戻った上野の家で、あんたの存在を親から教えられ、それで慌ててやつが取って返した、という事実までは証明できなんだ」

「えっ……」

「いや、わしはそれが事実だと思うておる。わしだけじゃのうて、この町の人たちは全員が、それを疑わなんだ。しかし残念ながら警察では、そこまで踏み込むことができなかったようでなぁ」

「じゃあ、彼の両親と妹は……」

「そのまま何事もなかったかのように、自分の家で暮らし続けよった」

「ええっ……」

「まぁ元から町の人たちとは、ほとんど没交渉と言っても良い状態じゃったから、何が困るということもなかったんじゃろうが――」

「そ、それでも……だ、だからって……」

礼奈が驚き、かつ呆《あき》れ、そして恐怖したような声を上げた。

「まぁ普通なら、この町にいづらくなって、よその土地に逃げ出すところじゃろうな。けど、あの家族は住み続けた」

あの元上野家が化物屋敷と呼ばれる本当の理由が、ようやく貢太郎には分かったような気がした。

「ところが、事件から一カ月が過ぎたころ、上野家の庭で父親が焼死した」

「じ、自殺ですか」

「警察の見解はそうじゃったが、実際のところは色々と謎があったようでな。はっきりしたことは未《いま》だに分からん。しかしなぁ、父親が焼け死んだ場所だけ、今になっても雑草さえ生えんらしい」

その指摘にぞっとして、思わず礼奈と顔を見合わせた貢太郎は、彼女の兄の礼治が言っていた元上野家の火事とは、この父親の謎の焼死事件のことに違いないと確信した。

「その後も、母親と妹はまだ――」

「いや、さすがにこたえたのか、知らぬ間に町から出て行ってしもうてな。おそらく母親の実家にでも身を寄せたんじゃろうと思う」

ここで貢太郎の脳裏に、とんでもない考えが浮かんだ。

「あのー、まさか父親の焼死というのが……そのー、もしかすると——」

「町の者の仕業じゃないか、私刑《リンチ》じゃなかったのかと言いたい？」

口に出しかけたものの、さすがに言葉を呑《の》んでしまった彼の疑問を、あっさりと小久保が続けた。

「も、もちろん犯人の家族といっても、その人たちには何の罪もないのが、普通だと思います。し、しかし、この場合は——」

「うむ、確かにな。警察は証明できなかったものの、やつの家族が無関係でないことは、この町の者なら誰でも知っておった。ただなぁ、だからと言うて、犯人の父親を焼き殺すようなことは——」

「そ、そうですよね」

「だいたい町の者が犯人であれば、警察の目を誤魔化すことなど無理じゃろう。そういう事件性がないと判断したからこそ、自殺と見なしたわけで」

「でも、自殺ではなかったかもしれない？」

「まぁなぁ……」

意味ありげな老人の物言いに、貢太郎は突っ込んで尋ねていた。

「小久保さんは、どう思ったんですか」

「わしは、おそらく戻ったに違いない……と感じた」

「戻った？　何がです？」

「わしの家内、大柴家の爺《じい》さん、石橋家の弟さんと人死《ひとじに》が続いて、次は上野家の誰かだった。それを郡司は阻止するために、一つ先の棟像家の誰かを殺そうとした。その結果、ほとんど一家惨殺のような事件を起こしてしまった。これで一見、三番目の石橋家から五番目の棟像家へと、人死の連鎖が飛んだように思える。が、そこで抜かしてしまった上野家に、やっぱりそれが戻ったんじゃなかろうか」

「えっ……そ、それで父親が……」

「死んだ……。現場の状況から見て、自分で灯油を被《かぶ》って火をつけたようじゃが、果たして本人にその自覚があったかどうか……」

「つまり他殺でも自殺でもない……ということですか」

「訳が分からんという意味では、そうじゃな」

「でも、待って下さい。上野家の人間という意味では、犯人の彼が射殺されて死んでるじゃないですか。その彼の死で――」

「じゃが、やつが死んだ場所は、棟像家だった」

「あっ……」

「石橋の弟さんも、家に戻ってから亡くなっておる」

「そ、そこまで厳密に――」

「もちろん、そう見えるというだけじゃが……わしには、どうも無視できることではないように思えてな。ただ、それですべてが終わったんじゃな」

「えっ……」

「だからこそ、残った母親と妹は出て行った――いや、出て行けた。森の、家の、夫の、父親の、息子の、兄の、それらの呪縛から、ようやく母娘《おやこ》は解き放たれたんじゃと、わしは考えておる」

小久保は口を閉じると、さすがに喋《しゃべ》り疲れたのか、両肩を落として溜息《ためいき》を吐いた。

「どれ、何もないが、茶でも飲まんか」

それから立ち上がろうとしたが、すかさず貢太郎が、

「いえ、僕たちは、もうそろそろ――」

「そうね」

彼の言葉が終わるのも待たずに、相槌《あいづち》を打った礼奈が腰を上げかけた。しかし、彼はそんな彼女の腕をつかんで止めると、

「ただ最後に、もう一つだけ教えて欲しいんです」

「何じゃな？　ほとんど知ってることは、もう話したように思うんじゃが」

「なぜ僕に、警告するような言葉をかけたんですか」

おもむろに貢太郎が訊《き》くと、老人はあっと口を開けた状態で固まった。が、それも一

瞬であり、すぐに物凄《ものすご》く慌てた口調で、

「そ、そうじゃった。先程もお嬢ちゃんに、肝心な話がまだだと言うたくせに、それを伝え忘れたままで、あんたを帰してしまうところじゃった」

「あの家に住むのは危険だと、そう思われるのですか」

先回りして尋ねると、続けて礼奈が、

「それは誰でもが、じゃなくって、貢太郎君だからなんですか」

二人を交互に見つめた後、老人は視線を落とした状態で、

「最初に言うた通り、わしが庭に出ておる間は、普通でない状態のときが多い。けど、あんたから自分が何を口にしたのかを教えられ、どうやら普段の考えを喋っているらしいと分かった。もっともこれは、わしの勝手な解釈というか、まぁ思い込みのようなものなんで、そのつもりで聞いて欲しいんじゃが――」

相変わらず下に目を向けた小久保に対して、それでも二人は頷《うなず》く仕草を見せた。

「あの森の中の祠《ほこら》が破壊され、その翌週から一週間にひとりずつ、町の者が死にはじめた。しかも、そこには一定の法則があるように見えた。それに気づいた上野家の郡司が、なんとか回避しようとして、結果的に棟像家の惨劇を引き起こした。ところが、その法則はまだ生きており、彼の父親が謎の焼死をとげた。で、ようやくすべてが終わった」

「はい……」

「でもな、終わったのは法則通りに人死を出した、上総《かずさ》の森の祠に関わる何かだけにつ

いて、ではなかろうか」

「どういうことです？」

「最後のひとりを殺し損ねた上野郡司にとっては、まだ終わっておらんのじゃないか、ということじゃな」

「えっ……」

「あの家の中を、今もやつがうろついてるような気がして、わしは仕方がない。あんたを見つけようとして……な」

老人のおぞましい言葉を最後に、二人は小久保家を辞した。外に出ると、もう既に陽は大きく傾きはじめていた。西日の赤茶けた光が上総の森を無気味に照らし、まるで森全体が息衝《いきづ》いているように見える。

「お祖母《ばあ》さんに話す？」

庭を通って門に向かう途中、貢太郎の様子を窺《うかが》っていた礼奈が、

「もちろん事件のことは分かってると思うけど、貢太郎君が知ったとなれば――」

「引っ越すかもしれない？」

「うん……。幽霊とかは信じてなくても、事件のせいで貢太郎君が怖い思いをしてるって分かれば、何とかしようとするんじゃないかな」

「でも、事件のことを知る前から、そういう目に僕は遭ってることになる……。つまり気のせいだって、お祖母ちゃんは考えると思う」

「それは……逆に事件のことを実は覚えてる、その証拠になるんじゃない？　きっとお祖母さんは、貢太郎君に事件の記憶がないからこそ、あの家に住もうとした。けど、実は心の奥の奥の奥では、やっぱり覚えてた。しかも新聞で、それを確認することもできた。そうと分かれば——」

「えっ？」

「お祖母ちゃんなら、おそらく立ち向かえって言うだろうな」

「そういった幽霊や化物は、怖いと思う臆病《おくびょう》な心が見せるものだから、もっと精神的に強くならなくちゃいけない、ってね」

「そんなぁ……。可愛い孫が怖い目に遭ってるのに」

信じられないと言わんばかりの礼奈の様子だったが、

「それに現実的な問題として、すぐに引っ越しができる余裕が、多分うちにはないよ」

続く貢太郎の言葉で、すっかりうつむいてしまった。

「ホラー的な状況から抜け出せないのは貧乏のため——なんていう設定は、ちょっと面白いかも」

彼女の反応を横目で見ていた貢太郎は、ことさらに冗談めかすと苦笑してみせた。だが、もちろん笑いは返ってこない。逆に思い詰めた口調で、

「うちのお祖父《じい》ちゃんに相談したら……。きっと力になってくれるよ。引っ越し先の家だって、どこか良いところを——」

「うん、ありがと。会長さんなら頼りになると、僕も思う。けど、そういう風にお祖母ちゃんを説得するのは、まず無理だろうな。これまで誰の世話にもならず、身につけた稽古事《けいこごと》を活《い》かして、ひとりで生きてきたような人だから。物凄いプライドを持ってるのは、僕にも分かるんだ」

「けど、そんな場合じゃ……」

「そう、ないんだけどね。ただ、それを理解させるのは、ちょっと不可能だよ」

「貢太郎君がそこまで言うなら――でも、そうなると、やっぱりシミちゃんに相談した方が良くない？」

「……………」

「あの家にこのまま住むんだったら、絶対に何か対策を立てるべきよ」

「このまま暮らすのは、危険だと思う？」

少しのためらいもなく即座に、礼奈が大きく頷く。

「それにシミちゃん、はっきりとは言わないんだけど、なんか貢太郎君のことを気にしているようなの」

その言葉に、彼はどきっとした。玄関扉から不自然に外を覗《のぞ》いていたことが、やはり彼女の注意を引いてしまったのだろうか。

「前にも言ったけど、シミちゃんには霊感があるから、きっと貢太郎君から……ううん、もしかすると引っ越しが終わった後のあの家から、何か感じるものがあるのかも」

「分かった……。今晩じっくり考えてみる」

　最初の言葉に笑みを見せかけた彼女が、続く彼の台詞《せりふ》で顔を曇らせた。そんな悠長なことをしていて、本当に大丈夫なのかと案じているのが、まさに表情から伝わってくる。

「ほら、昨日は家にずっといたけど、何も起こってないから」

「そっか……」

「それに今からだと、彼女に話を聞いてもらうだけで、夜になるだろ」

「うーん、そうね。シミちゃんが今、部屋にいるとも限らないし……。じゃあ、貢太郎君は今晩、しっかり考えてみて。私は彼女に電話して、それとなく明日《あした》の予定を訊いておくから。そのうえで明日の朝、連絡を取り合って、どうするか決めるっていうのは？」

「賛成！　そうしよう」

小久保家から生川家へ、蝸牛《かたつむり》のように鈍い足取りで道を横切りながら、二人は相談をまとめた。

「じゃ、ありがとう。また明日」

「うん。気をつけてね」

最後はお互いに笑顔で、辛うじて別れの挨拶《あいさつ》を交わすことができた。

(気をつけてね――か)

礼奈には強がって見せたものの、あの家に夕方になって帰るのかと思うと、貢太郎は暗澹《あんたん》たる気分に襲われた。かといって彼女が家に入ってしまった今、いつまでも佇《たたず》んでいるわけにもいかない。すぐ後ろにはあの森が控えているのだから、なおさらである。

それに昨日は、何もなかったではないか。改めて自分に言い聞かせると、貢太郎は十年前も棟像家だった住居へと歩き出した。

本当なら自分は、ここで育つはずだったのだ。そう思うと、周囲の町並みも違って見えてくる。

もうすぐ家に着くという手前で、橘家の垣根の前で、彼は立ち止まった。コロが目に入ったからだが、それだけではないような気もした。少しでも家に入るのを遅らせようと、無意識に足を止めたのかもしれない。

「コロ」

相変わらず愛らしい仕草で、犬は尻尾《しっぽ》を振っている。思わず心が和む姿を見ているうちに、ふと貢太郎《とら》は、このままあの家に住むのであれば犬か猫でも飼うべきではないか、という思いに囚われた。

「あらっ、お帰りなさい。コロとは、もう顔馴染《かおなじ》み？」

そのとき橘静子が、庭の死角から姿を現した。

「こ、こんにちは」

「お祖母さんは、まだなんでしょ」

「は、はい」

「じゃあ、ちょっと寄ってらっしゃい。コロも喜ぶから」

思わぬ誘いだったが、今の貢太郎にとっては歓迎すべき申し出である。家に帰る時間を延ばせるだけでなく、犬とも遊べるのだから言うことはない。

「コロ、お隣の貢太郎君が来てくれたわよ」

静子は、まるで人間同士を紹介するようにお互いを引き合わせると、「仲良くね」と言って家に入ってしまった。

コロは非常に頭の良い犬だった。貢太郎にもすぐ懐き、お手、伏せ、待てといった指示にも、大して時間をかけることなく従うようになったほどである。

「あらまぁ貢太郎君、すっかり気に入られたみたいね。うちの主人なんか、まだ満足に散歩もさせられないんだから」

クッキーとジュースを盆に載せて現れた静子が、花壇の側のテーブルに置きながら、

「うちは、いつでもいいから。遊びに来てやってね。良かったら散歩に連れて行ってくれても構わないわよ。あっ、もうすぐ夕御飯でしょうから、こんなもので我慢してね」

結局、祖母が帰って来るまで、貢太郎は橘家の庭でコロと遊び続けた。すぐに陽は沈んだものの、灯籠《とうろう》の明かりのため困ることはなかった。

やがて、祖母が迎えに現れた。どうやら彼の知らぬ間に、静子は棟像家の郵便受けにメモをはさんでおいたらしい。どこまでも気遣いをしてくれる隣人に恵まれたのは、不幸中の幸いというべきだろう。

祖母の姿を目にした瞬間、彼はここ数日の厭《いや》な出来事のすべてを、一時とはいえ忘れていたことに気づいた。コロのお蔭《かげ》である。何とも名残り惜しかったが、また来るからと約束して家に帰る。

その夜、家では何も起こらなかった。もちろん祖母の側にいるようにはしたが、風呂《ふろ》場《ば》ではひとりになる。それに貢太郎は、ほんの少しの間だったが両目をつむってみたのだ。しかし赤ん坊が、弟の貢二が、現れるような気配は全然なかった。

（弟かぁ……）

そう考えると、何とも複雑な気持ちになる。怖くないと言えば嘘だが、血の繋《つな》がった肉親だと思うと、恐怖が減じるような気もする。だからこそ目を閉じてみたのだが、再び小さな黒い影が現れたら、やはり戦慄《せんりつ》を禁じ得なかったかもしれない。

就寝時間になると祖母にお休みを言って階段を上がり、二階でも彼は廊下の明かりを点《とも》す前に、主寝室の中を覗いてみた。だが、真っ暗な闇が満ちているばかりで、父親の姿はどこにも認められない。

（まさか、姿を見せるのは一度だけとか……）

急に頭の中に浮かんだ考えだったが、すぐ別の思いが脳裏を過《よぎ》った。

（僕の前に出て来たのは、ひょっとして警告するためだったとしたら——）

てっきり襲われたのだと決めつけていたが、相手が祖母であり、母であり、弟であり、父であったとすると、見方も変わってくる。それぞれが彼に、何かを伝えようとしていた風にも、今となっては受け取れる。

もし自分が逃げようとしたために、亡き家族の想いが無駄になったのだとしたら、何ともやり切れない。だが仕方ないではないか。誰であれ、あんな目に遭えば逃げようとするだろう。相反する二つの気持ちの間で、彼の心は大きく揺れ動いた。

ところが主寝室の扉を閉めて、二階の廊下の明かりをつけようとしたところで、

（そうか……。まだひとりいるんだ）

そこからは見えぬ廊下の奥の、北側の部屋へと視線を向けた。

（あそこには、姉さんがいるはず……）

と思ったとたん、暗がりの廊下に足を踏み出していた。

主寝室の前を通り、右手に折れる。真っ直ぐ延びた廊下の半ば辺りで、外の街灯の鈍い光がバルコニーの窓から射し込んでいる。心なしかこれまでより、明かりが弱いように思える。そのため手前と奥の闇が、よけいに強調されているように見えた。

気のせいかと考えたが、勉強部屋の前辺りが暗闇に包まれているのは、紛《まが》う方《かた》なき事実である。

（けど、暗い方がいいのかも。姉さんに会うためには……）

そう言い聞かせるのが、果たして自分を鼓舞することになるのか、それともやはり怖《お》じ気《け》づかせる羽目に陥るのか、どちらとも分からないままに、貢太郎は廊下の奥まで歩を進めていた。

自分の部屋の扉を少し見つめてから、北側の部屋の前に立つ。扉のノブへと手を伸ばし、ゆっくり静かに回しはじめる。その回転が止まるのを待ち、おもむろに扉を開けようとしたところで、ふと小久保老人の言葉が蘇《よみがえ》る。

そこにいた香織ちゃんを母親と同じように滅多刺しにした……。

彼女の四肢と首は、ほとんど身体から千切れかかっていた……。

貢太郎のノブを握る力が、少しゆるむ。次いで、この扉を開けることによって自分が何を見ることになるのか、それを改めて頭の中に描いた瞬間、完全にノブの回転が元に戻っていた。と同時に、部屋の中で物音がした。

(聞くな！　開けるな！)

心の中で叫びながら自分の部屋の方を向き、扉を開けようとして、
ひたひたひたっ……。

真後ろの廊下をこちらへと向かって来る、物凄《ものすご》く邪悪な気配を背中一面で感じた。と同時に惨殺された家族の五人以外にもうひとり、この家にはいることを思い出した。

あの家の中を、今もやつがうろついているような気がして、わしは仕方がない。あんたを見つけようとして……。

再び小久保老人の言葉が蘇る。

逃げなければと焦るのだが、上手《うま》くノブがつかめない。ぶるぶると震える掌の中で何度も滑ってしまう。

早く部屋の中に逃げ込まないと……。

そこだけが安全地帯らしきことを、ここ数日の体験と今日の老人の話によって、彼は確信していた。

ひたひたひたひたっ……ひたっ。

気配が止まった。と背後で凄《すさ》まじいばかりの空気の圧迫を感じて、
みーつけた……。

ぞっとする囁《ささや》きが、耳元で聞こえた。その息吹きさえ耳朶《じだ》に感じられるほど、それは貢太郎のすぐ真後ろにいた。

十三　残像

　気がつくと貢太郎は、勉強部屋の洋服箪笥《だんす》の中に隠れていた。どうやって入り込んだのか、記憶は定かではない。ただ、内側から完全には閉じられない箪笥の両開きの扉を、狂ったように何度も何度も閉めようとしていた。

　やがて鳥のさえずりを耳にし、恐る恐る外へ出てみると、夜が明けていた。

　部屋のあちこちに、箪笥の中に掛けておいた洋服が散らばっている。扉のノブの下には、椅子が咬《か》ませてある。おそらくどちらも自分がやったのだろうが、その覚えが彼にはまったくなかった。

　朝食までの時間、少しだけ横になる。まだ興奮していて眠れなかったが、お蔭で落ち着くことはできた。

　いつも通りの朝食後、祖母に気取られないよう平静を装って送り出すと、そのまま彼は昼過ぎまで熟睡した。起きたのは夢現《ゆめうつつ》の状態で、インターホンが何度も鳴っていることを認めたからである。

　けだるい気分のまま玄関の扉を開けると、礼奈と詩美絵の二人が立っていた。

「良かった……。何かあったんじゃないかって……」

それまで固かった礼奈の顔つきが、一気に安堵《あんど》の表情へと変わった。が、すぐに怒ったように頬を膨らますと、

「朝から何度も電話したのに、どうして出ないのよ」

「えっ、ご、ごめん……。寝てたから――」

「ね、寝てたぁ！」

彼女の怒りが本物へと転じる気配を察し、貢太郎は慌てて、

「ち、違うんだ。べ、別にのんびりと寝てたわけじゃなくって――」

「まぁまぁ二人とも、こんなとこで痴話喧嘩《ちわげんか》をしなくてもいいでしょ」

そこに詩美絵が、やんわりと割って入った。だが、その言葉に礼奈が反応して、

「ちょっとシミちゃん、痴話喧嘩って、私と貢太郎君はそんな……」

「あっ、そういう意味じゃないの。単なる言葉の綾《あや》よ」

礼奈をなだめながらも、貢太郎には悪戯《いたずら》っぽい微笑みを浮かべた詩美絵は、

「それで貢太郎君は、私たちを歓迎して下さるのかな？」

「ど、どうぞ――」

扉を全開にして二人を招き入れると、そのまま食堂へと案内する。

「ひょっとして、お昼まだだったの？」

テーブルの上に置かれた弁当を、詩美絵は目敏《めざと》く見つけたようで、

「もしかして、お味噌汁《みそしる》があるのかしら。あっ、キッチン借りるわね。それじゃ、礼奈ちゃんはお湯を沸かしてくれる。私は、お味噌汁を温めるから。いいの、貢太郎君は座ってらっしゃい――ね」

三人がテーブルにそろったところで、貢太郎の前には湯気の立つ味噌汁が、二人の前には紅茶が、それぞれ置かれていた。

「三鷹《みたか》で家庭教師に行ってる女の子が、礼治君と同じで四月から中三になるんだけど、なかなか面白い子でね」

彼がひとりで弁当を食べる気まずさを慮《おもんぱか》ったのか、詩美絵は生徒の家で見聞した笑い話を楽しそうに喋《しゃべ》った。礼奈も事件のことには触れずに、彼女に調子を合わせている。

「やっぱり男の子ね。食べるのが早いわ」

それでも貢太郎が二人を前にした恥ずかしさから、かき込むようにして食べ終わると、詩美絵は大袈裟《おおげさ》に目を丸くして笑った。

「そ、それで、話はどこまで――」

「まぁまぁ、そんなに急がなくても。食後のお茶をゆっくり味わって、肝心な話はそれからにしましょ」

焦る貢太郎を詩美絵が落ち着かせている間に、礼奈がキッチンで新たに紅茶を淹《い》れた。そのため、しばらくは他愛のない茶飲み話が続いた。

「さて、と――」

やがて、詩美絵が気持ちを切り替えるような声を上げると、

「だいたいのところは昨日の夜、礼奈ちゃんからの電話で聞いてるんだけど、貢太郎君の口から詳しく話して欲しいの」

「えーっと、どのあたりから……」

「そうねぇ……。引っ越して来た日からでいいかな？」

相談するように礼奈を見て、彼女が頷《うなず》くのを確認してから、

「とにかく貢太郎君の話しやすいように喋ってみて。話が前後しても気にしないで、それよりも言い忘れがないようにだけ注意して」

「は、はい……」

貢太郎は緊張気味に返事をすると、ちらっと礼奈の方を向いた。

「抜けてるとこがあったら、ちゃんとフォローするから」

すかさず彼女から心強い反応が返ってきて、とつとつとした口調ながら彼は、この五日の間の出来事を話しはじめた。

途中、要所要所で詩美絵が質問をはさみ、適切なところで礼奈が補足説明を加え、貢太郎の話は淀《よど》みなく進んだ。個々の怪異についても省略することなく、その詳細を語るようにした。特にこの家の和室、キッチン、風呂場《ふろば》、主寝室での体験は、なるべく忠実に再現した。もしかすると詩美絵なら、亡き家族のメッセージを読み解いてくれるかもしれないと思ったからだ。

「──それで、お祖母《ばあ》ちゃんが出かけてから、また寝直したんです。それがいつの間にか、お昼過ぎまで寝てしまって……。そうしたら、インターホンが鳴って──」

二人が訪ねて来たところまで、貢太郎は話し通した。

「ふうっ……大変だったわね。うん、お話はよく分かった。疲れたでしょ」

詩美絵が彼の話し疲れを気遣うと、礼奈がとてもすまなそうな表情で、

「ごめんね、さっきは。昨日の晩、そんな怖い目にまた遭ってたなんて、私、知らなかったから……」

「い、いや、もういいんだ。そんなこと分からないの、当たり前なんだからさ。それより僕が、すぐに電話をすれば良かったんだ」

「そんなことないよ。きっとものすごーく疲れて、電話どころじゃなかったと思う」

詩美絵は謝り合う貢太郎と礼奈の顔を交互に、にやにやとした笑いをこらえるような表情で見ながら、

「ふーん、二人とも仲がいいのねぇ。これじゃ私が出る幕なんて、全然ないんじゃないのかなぁ」

「な、な、何を言ってるのよ、シミちゃんは──」

「そ、そうです、僕たちは、別に……」

「それに、シミちゃんに相談したのは、単に大人の誰かに話を聞いてもらいたかっただけじゃなくって、昨日も電話で言ったけど──」

「ああ、ごめんごめん……冗談だってばぁ。もう貢太郎君のことになると――」

「シミちゃん！」

「はいはい、分かりました」

真面目な口調で応《こた》えたものの、詩美絵の表情は半笑いだった。礼奈は怒っているように見えたが、半分以上は照れ隠しのように映る。貢太郎はというと、完全にうつむいてしまっていた。

「それじゃ一つずつ、部屋を見せていただこうかしら」

だが、詩美絵が改まった口調でそう言うと、はっと貢太郎は顔を上げ、すっと礼奈の顔つきも引き締まった。

「一応は順番通りにということで、まずは和室からね」

食堂を出ると、貢太郎、詩美絵、礼奈と一列になって、廊下の反対側へと進む。

「この襖《ふすま》は、これくらい開いてたんだわ」

ひとり言を詩美絵は呟《つぶや》きながら、しばらく廊下と和室を行き来していたが、

「ここは、もういいわ。キッチンへ戻りましょう」

「さっきは何も、感じなかったんですか」

一度は入ったキッチンなのに、という疑問を貢太郎が口にすると、

「うん……何て言うのかな。そういう心構えでは立っていないから――やっぱりね、違うのよ」

上手《うま》く表現できないのが、詩美絵はもどかしそうである。

システムキッチンに入ったところで、またしても彼女は行ったり来たりしはじめた。ちょうど首無し女が這《は》い出て来た、その道筋を辿《たど》っているように見える。

礼奈は貢太郎の横に立つと、薄気味悪そうに詩美絵の動きを眺めている。自分もそこに入って紅茶を淹れたことを思い出し、厭《いや》な気分に見舞われているのかもしれない。

「ここも、これでいいわ。次は浴室ね」

貢太郎と礼奈が脱衣室も兼ねた洗面所で留《とど》まっている間、詩美絵だけが風呂場に足を踏み入れた。ただし、バスタブを覗《のぞ》いた以外は一通り四方に目をやったのみで、もう用は足りたみたいである。

「それから、いよいよ二階ね」

廊下に出て、先程と同じ並びで階段を上がる。しかし折り返しを過ぎたところで、

「どうしたの?」

礼奈の不審そうな声がした。

貢太郎が振り返ると、詩美絵が後ろを向いて一階を見てから、二階を見上げた。そして再び階下に目をやり、また二階を見るという動作を何度か繰り返した。

「な、何か……?」

「いえ、ごめんなさい。そこの部屋ね」

貢太郎の問いかけをはぐらかすように、詩美絵は主寝室の扉を指差すと残りの階段を

上り切り、さっさと問題の部屋に入ってしまった。

それから、まさに父親が寝ていた辺りに佇《たたず》み、少し周囲を歩き回っていたが、

「うん、もういいわ。それで最後が奥の、勉強部屋の北側の部屋だけど、そこに貢太郎君は入っていない……と」

またしても後半は、ひとり言のように呟いている。

「本当に広くて、大きな家ねぇ」

やや唐突な感じで、いまさらながらの感想を礼奈が述べた。おそらく和室、キッチン、浴室、主寝室と次々に現場を見ながらも、詩美絵が何らコメントしないため、彼女なりに取り繕っているのだろうと貢太郎は思った。

それにしても彼女は、どうして何も言わないのか。ひょっとして何も感じていないのではないか。もし自分の考え通り、亡き家族たちが一度しか姿を現すことができないのであれば、詩美絵がまったく反応らしきものを示さないのも頷ける。

「礼奈ちゃんの家だって、充分に広くて大きいでしょ」

ただし当人は、礼奈のフォローにも貢太郎の懸念にも気づいた様子はなく、極めて普通の会話をしている。

「えーっ、でも、うちは和風だから……。やっぱり、こんな洋室の方がいいよぉ」

もっとも礼奈も、貢太郎への配慮という当初の目的をあっさり忘れたのか、素で答えているようだ。

「あら、そんなの簡単じゃない。誰かさんと結婚すれば、ここに住めるんだから」

さらに詩美絵の問題発言に礼奈が騒ぎ出して、今や明るく華やいだ空気が、三人のいる寝室に漂いはじめる始末だった。

本当に何もいないのなら、もちろんその方がいいに決まっている。そう本心から思いながらも、歳の離れた姉妹のように戯れる二人を見ていると、何とも複雑な気持ちを貢太郎は覚えた。

ところが、余裕があったのはそこまでだった。廊下に出て詩美絵を先頭に奥へと歩き出したとたん、彼女の態度が豹変《ひょうへん》した。階段の折り返しで見せたのと同じように、何度も後ろを振り返り、また前を向くという動作を繰り返しはじめたのだ。

まさか家族の気配はないものの、あいつの存在だけは感じるとか……。

そんな厭な、でも、あながち外れているとも思えない考えに彼が囚《とら》われていると、急に詩美絵が身震いを見せ、慌ててトイレを借りようとした。

悪寒に見舞われたのだ……。

貢太郎は戦慄《せんりつ》したが、すぐ祖母の注意を思い出し、一階のトイレへ案内することを忘れなかった。掃除の手間を省くためという説明に、二人の変化に気づいていない礼奈は広くて大きい家も大変だと述べ、詩美絵を苦笑させた。

「ごめんなさい。最初に借りておけば良かったんだけど――」

トイレから出た彼女は照れたように詫《わ》びたが、尿意を催したのは二階の廊下で覚えた悪寒のせいに違いない、と貢太郎は確信していた。

改めて二階へ上がり、廊下を奥へと進む。気のせいか、詩美絵の足取りが先程より速いように思える。後ろを振り返りそうになるのを、無理にこらえているようにも見える。彼女の後に続きながら、そう感じられて仕方がない。

足早に廊下の奥まで達すると、詩美絵は覚悟を決める猶予を与えるつもりか、しばらく二人の顔をじっと見てから、北側の部屋の扉を開けた。

（…………）

詩美絵の背中越しに貢太郎は恐る恐る室内を覗き込んだが、もの寂し気ながらんとした空間が見えるばかりで、特に変わったところはない。

「うーん……」

ただし、彼女の反応が他とは違っていた。唸《うな》るような声を出したかと思うと、あちらこちらへと室内を動き回りはじめた。

「シミちゃん……」

その様子を目にした礼奈が、脈があると感じたのか呼びかけそうになったので、とっさに貢太郎は制止した。邪魔をしてはいけないと考えたからだ。礼奈にもすぐ伝わったようで、慌てて両手で自分の口を閉じる仕草をした。

二人は扉口に佇んだまま、無言で詩美絵の動きを目で追い続ける。やがて彼女は部屋の奥で立ち止まると、ぺたんとその場に座り込んだ。そして瞑想《めいそう》でもしているかのごとく、両目を閉じた状態で頭を垂れたまま、じっと身動きしなくなった。

もちろん何をやっているのか、貢太郎には分からなかったが、ひょっとして姉と話しているのでは……という期待に胸が高鳴った。ただ、それは自分の役目ではないかという不満も、少なからず覚えた。彼女が好意でしてくれていることだと理解はしているのに、実の弟を差し置いて、とつい思ってしまう。

いつしか詩美絵の存在を疎《うと》ましく感じている自分がいて、貢太郎は驚いた。そんな風に考えるべきではない。慌てて己をいさめるが、ふと何かが自分にそういった感情を植えつけているような気がして、彼はぞっとした。

やつなのかもしれない……。

思わず室内から廊下に視線を転じる。もちろん何も見えない。しかし彼は、そこで厭な事実に思い当たった。

他の部屋の怪異は一度だけだったのに、二階の廊下のあれは、少なくとも三度は体験している。つまりやつだけは何度でも、自分に対して脅威をもたらすことができるのではないだろうか。

「貢太郎君……」

何ともおぞましい疑惑に囚われていたので、肩に手をかけられたときは、もう少しで悲鳴を上げそうになった。

「どうしたの？　大丈夫？　シミちゃんが、もうすんだって――」

見ると、礼奈と詩美絵が仲良く横に並んで、心配そうな表情を浮かべている。

「あっ、ご、ごめん……。ちょっと、ぼうっとしてただけだから」

貢太郎は取り繕うように詫びると、そのまま二人を勉強部屋に招じた。

「どうぞ」

詩美絵には一つしかない椅子を勧め、彼と礼奈はベッドに腰をかけた。

「ふーん、貢太郎君の部屋ってシンプルなんだ」

「礼治君の部屋とは、ちょっと違うわね」

「そうそう。アイドルの水着のポスターとか、もうべたべた貼ってるんだから」

言われてみると、勉強部屋の壁には何の飾りもない。千葉の借家が和室だったため、ポスターなど考えもしなかったのだと説明したが、

「うちの兄貴なんて、そんなことお構いなしよ。襖《ふすま》や天井にも貼りまくってるもの」

そこから急に、貢太郎の部屋の模様替えについて話をする羽目になった。礼奈と詩美絵が色々なアイデアを出し、その可否を彼が決めるのである。

そうやって詩美絵は、貢太郎の気分が解《ほぐ》れるのを待っていたのか、やや強引に礼奈が部屋の模様替え案をまとめたところで、

「この家について、なんだけど」

おもむろに切り出した。とたんに貢太郎も礼奈も、ベッドの上で姿勢を整える。

「最初は正直、ちょっと戸惑ったの」

「何も感じなかったから……ですか」

気になっていたことを彼が訊《き》くと、彼女は頷《うなず》きながら、

「キッチンでお味噌汁《みそしる》を温めていたとき、そういう気持ちの準備ができていなかったから、って後で言ったけど、実は違うの」

「やっぱり意識してたの？」

横に自分がいたことを思い出したのか、礼奈が慌てて確かめる。

「うん、まぁね……。でも、さっぱり何も感じないから、おかしいなとは思ってた」

「それは他の部屋も、同じだったんでしょうか」

「結果から言うと、そうなの。一応、事件が起こった通りに部屋を巡ってみようと思って、和室からはじめたんだけど、やっぱり駄目で……。改めてキッチンへ行ったけど、同じだったわ。お風呂場《ふろば》も、二階の寝室も――」

「一度だけしか現れないっていう、僕の考えは当たってたことに？」

「なるわね。ただ、どうしてなのか、それは私にも分からないわ」

「家族の霊が消えてしまった……」

そう呟《つぶや》く貢太郎を、詩美絵は複雑そうな表情で見ながら、

「礼奈ちゃんは、私に霊感があるって思ってるみたいだけど、それが幽霊とか心霊とか呼ばれているものを感じる力のことだとすると、ちょっと違うかもしれない」

「えっ、そうなんですか」

「私に分かるのは、その場所に何かが残っているかどうか、ってこと。上手《うま》く言えないんだけど」

「でも、そういうのが幽霊じゃ……」

「そうね。ただ私が感じるのは、もっと漠然とした存在——じゃないわね、気配というか空気というか、まぁ残像のようなものかな」

そこで二人のやり取りに耳を傾けていた礼奈が、

「シミちゃんが何も感じなかったのは、ほら、この辺りだと霊感が鈍るって言ってたでしょ。あれの影響じゃない？」

「最初は私も、そう思ったの。けど……」

「二階の廊下だけは、違った？」

ためらう詩美絵の後を受けて、貢太郎が続けた。しかし彼女はそのことには触れず、

「この隣の北側の部屋には、そういう残像があると思う」

「な、何か、具体的なものを感じたんですか」

姉に関することだけに、廊下の怪異よりも気になった彼は、気負い込んで尋ねた。

「これは、あくまでも私の感覚のようなものだから、決して確かなものじゃないの。それだけは理解して欲しいんだけど、そのうえで感じたことを言うと、あの部屋に残っているものは、何かを伝えようとしている……」

「ぼ、僕に……ですか」

「ごめんなさいね。本当に分からないの。ただ、お祖母《ばあ》さんが定期的に掃除をしていたのに、何の体験もなさっていないらしいこと。引っ越して来てすぐ、それらの現象が起きていること。その対象がことごとく貢太郎君であること。しかも同じ場所、同じ人物では二度と起こらないこと――などから、おそらく残像の力は強いものではなく、そして貢太郎君に向いている。そう考えていいのかもしれない」

「つまり危険じゃないし、もう二度と出ないの？」

安堵《あんど》したような礼奈の口調だった。過去の事件は悲惨ではあるが、現在の彼にまで災厄が及ぶわけではないと知らされ、素直に喜んでいるのだろう。

ところが、そんな彼女とは対照的な固い物言いで、

「ただし、この家には家族以外にも残っているもの――がいるんですよね？」

貢太郎は真っ直ぐ詩美絵を見つめながら、そう尋ねた。

「えっ、何？　何のこと？」

礼奈が二人の顔を交互に眺めながら、とたんに不安そうな表情を浮かべる。

「私には、本当に大したことは分からない」

詩美絵は困惑した口調で断わると、

「それでも、この家の階段から――ひょっとすると玄関からかもしれないけど――二階の廊下を通って奥まで、この部屋の前まで、物凄《ものすご》く強い意志の流れを感じる。まるで目に見えない何かの通り道のような、そんな感じがあるわ」

「そ、それって、シミちゃん……」

怯《おび》えた声を礼奈が出すと、詩美絵は力づけるように頷いて見せたが、彼女の口から出たのはもっと恐ろしい言葉だった。

「今、私は玄関からかもしれないって言ったけど、ひょっとするとそれは元上野《かみつけ》家から続いていて、さらに遡《さかのぼ》れば石橋家、大柴家、小久保家と辿《たど》ることができ、そこから森に入って参道を戻り、最終的には祠《ほこら》の中へと達するのかも……ね」

「すべては、あの祠から……」

「上野家の息子が、祠を壊してから……」

貢太郎と礼奈が、それぞれ呟くように口を開き、

「はじまった」

と同時に結んだ。

「ところが、終わっていない……」

次いで詩美絵が後を続けた。

「僕が残ってるから……ですね？」

その貢太郎の問いかけには答えず、逆に彼女が質問をした。

「小久保のお爺《じい》さんが口にしたという言葉について、ご本人は何ておっしゃったの？」

「庭に出ているときの記憶は曖昧《あいまい》なので、よく分からないみたいなんです。ただ、上野家の息子が未《いま》だに、この家の中で、僕を探してるんじゃないかって……」

「なるほどね」

何か思うところがあるのか、詩美絵は頷きながら、

「それでお爺さんの台詞《せりふ》というのが、順番は守らなければならず、その順番を変えるのであれば、新たな順番が必要になる――だったわよね？」

「そうです。おそらく最初の順番は、小久保、大柴、石橋、上野、そして棟像という、森の参道のジグザグと同じルート上の、五軒の家の順番のことだと思うんですけど、新たな順番というのは――」

「きっと棟像家で起こった惨劇の順……じゃないかしら」

「えっ、でも何の関係が……」

「もちろん関係なんかないでしょうね。ただ、最初の順番の流れを変えて、結果的に新しい順番を作ってしまったことになるのかもしれない」

「で、でも……犯人の父親が焼死して、そもそもの順番は完結したんじゃ……」

「そう見なせるけど、新たにはじまってしまった順番には、もう影響しないとも考えられるわね」

詩美絵の解釈は、どこか小久保のものと似ていた。

「その完結が、終止符の打たれるのが、貢太郎君の……」

死――という言葉を、辛うじて礼奈は呑《の》み込んだようである。

「シミちゃん、やっぱり彼は、この家から出た方が――」

「ただね、森の中で彼を追いかけたという何か《ヽヽ》も、森の外までは出て来ていない。この家の二階の廊下で彼が感じたという何か《ヽヽ》も、実際の危害を加えるほどの力はないように思える。それほどの威力があるなら、とっくに障りが出ているはずでしょ」

「それは、そうだけど……」

「もちろん、礼奈ちゃんの心配もよく分かるの。実は私も一つ、とても気になることがあって——」

そう言うと詩美絵は、二人を交互に見つめながら、

「この時期に引っ越して来たという事実に、小久保のお爺さんじゃないけど、私も物凄い運命を感じる。気づいてるかどうか知らないけど、事件が起こったのは、ちょうど十年前の明日になるのよ」

十四　十年目

明日の日曜日が忌まわしい一家惨殺事件の、ちょうど十年目に当たる……。

詩美絵に指摘されるまで迂闊《うかつ》にも、この薄気味の悪い事実に貢太郎は気づいていなかった。いや、一応の認識はあったかもしれないが、事件そのものを巡る疑問や謎に注意が集中して、大して意識しなかったのだろう。

「それが偶然なんかじゃなく、運命だってこと？」

怯えたような礼奈の口調に対し、詩美絵は困惑した顔つきで、

「そんなこと言い出すと、ほとんどの出来事が運命だってこじつけられるけど、引っ越しのタイミングが……ね。ただ、だからこそ貢太郎君の目の前で、そういった現象が立て続けに起こったとも考えられるけど」

「時間がないから……ですか」

「うん。仮に十年目まで数ヵ月もあったとすれば、もっと違ったアプローチになってたかもしれないなって」

「僕を怖がらせず、脅かさずに、事件のことを伝えようとしたのではないか——と？」

「そうね。そんな気がする」

二人のやり取りを聞いていた礼奈は焦《じ》れたように、

「やっぱり危険じゃない？　特に明日なんて、何が起こるか分からないわけでしょ。玄関から廊下に感じられる何かの流れが、上野《かみつけ》郡司の憎悪や殺意や怨念《おんねん》が残ったものだとすれば、十年目という特別な日に思わぬ威力を発揮するかもしれないし……。とりあえず明日だけでも、この家を出た方が――」

「お祖母《ばあ》ちゃんには何て？」

「そ、それは……何か口実を、みんなで考えましょうよ」

「うん、でも……」

「うちに泊まりに来るっていうのは？　突然過ぎるけど、中学に入る前に友達を紹介するっていう名目で、明日の午後から集まって、そのまま数人の子と一緒に貢太郎君も泊まるのよ。友達の方の準備は大丈夫だから――」

「けど、それじゃお祖母ちゃんがひとりになる」

「危ないのは、貢太郎君だけなんでしょ？」

礼奈が気負い込んで詩美絵を見つめた。しかし彼女は首を傾げながら、

「それは……そこまでは、私にも断言できない。貢太郎君が危険なのは間違いないと思うけど……。ただ、この家に彼がいなくて、お祖母さんだけがいた場合、本来は彼に向かうはずの何かが行き場をなくした結果、お祖母さん目がけて襲いかかる、っていうこ

とも考えられなくはないわね」

「そんなぁ……。じゃあ、お祖母さんも一緒に——」

「礼奈ちゃんの家に泊まるの？」

「…………」

思わずうつむいてしまった彼女に、貢太郎は改まった声音で、

「僕は、逃げない方がいいんじゃないか……って思う」

「えっ？」

「偶然か運命かは分からないけど、このまま立ち向かうべきだと感じる」

「な、何を言ってるのよ」

「小久保の爺さんは、上総《かずさ》の森の神様が僕を呼んだんだって思ってるようだけど、立場を変えて僕から見た場合、家族の事件に決着をつけるために来たとも見えるだろ」

「そ、そんなこと言っても……」

「私もね、貢太郎君に賛成なの」

詩美絵の言葉に、礼奈は物凄《ものすご》いショックを受けたようだった。

「ちょ、ちょっとシミちゃん——。相談したのは、いかに彼を助けるかであって、そんな訳の分からないものと闘うためじゃ……」

「うん。でもね、そうすることが彼を救う方法だったとしたら？」

「えっ……で、でも……」

「それに明日だけ逃げて、それで解決するとは思えないよ」

さらに貢太郎にそう言われた礼奈は、一瞬だけ言葉を失ったが、

「それじゃ明日、私もこの家に一日中いて、そして泊まる！」

提案というよりも既に決定したような物言いで、驚くべき宣言をした。

「そ、そ、それは、どうかなぁ」

貢太郎が思わず詩美絵を見ると、彼女は少し微笑んだ後、何とも言えぬ表情を浮かべつつ、

「礼奈ちゃん忘れたの？　明日は親戚《しんせき》で法事があるから手伝うようにって、かなり前からお母さんに言われてたでしょ」

「あっ……。ううん、いいの。行かないって言うから。兄貴なんか一年も先なのに、受験を言い訳にして出ないんだもの」

あっさり決めたものの、簡単に断われそうもないことは、彼女の様子から充分に窺《うかが》える。

「実はね、私も明日は午後から、どうしても外せない仕事があるの。ひょっとすると貢太郎君のお祖母さんも、明日は遅くなる用事があるのかもしれない」

「ど、どういうこと？」

気味悪そうに礼奈が尋ねたが、貢太郎も同じ気持ちだった。

「また偶然だ、運命だって話になるけど、十年目の明日という日、この家には貢太郎君

しかいない——そういう状態になるべく、すべてが動いてるような気がする」

「えっ……そんな……」

あまりにも無気味な考えに礼奈の顔が歪《ゆが》んだ。が、すぐ断固とした口調で、

「だったら、それを崩せば——」

「いいという考え方もあるけど、私は逆だと思う。なまじ逆らうことによって、さらにとんでもない事態を招くんじゃないかしら。まさに、それが運命と思わされるような出来事が起きるとか……」

「そんなこと言ったら、何もできないじゃない」

「だから、あえて逆らうことはせず流れに乗りながら、でも、こちらができる精一杯の準備をしておくの。対策を立てるわけ。そのうえで彼の言うように立ち向かう。すべてに片をつけるためには、それしかないと思う。逃げても一時的に助かるだけで、おそらく根本的な解決にはならないんじゃないかな」

夕暮れが訪れるまで、話し合いは続けられた。途中からは礼奈も折れて、二人の考えを認めるようになった。以降は、いかに貢太郎を守り怪異に対処するか、どうやってそれを滅するか、という点について検討を重ねた。

その結果、詩美絵が明日の早朝から知り合いの神社に赴《おもむ》き、そこで必要なものをそろえ、貢太郎に届けることに決まった。午前中であれば礼奈も自由がきくため、三人で集まろうという話に何とかまとまった。

「お祖母さんが帰宅されるまで、念のためいましょうか」

二人を送り出そうとした貢太郎に、詩美絵が言った。礼奈も賛成したが、彼は大丈夫だからと断わった。詩美絵がいるとはいえ、かなり陽が落ちているのに礼奈が帰っていないのは、おそらく祖母の不興を買うと思ったからだ。

「それじゃあ、ちゃんと準備してくるから、明日の朝またね。お邪魔しました」

「貢太郎君、くれぐれも気をつけてね。何かあったら電話して」

それぞれの言葉に彼が頷《うなず》くと、詩美絵は向かいのコーポ池尻に、礼奈は生川家へと帰って行った。

貢太郎は家の東側に回ると、垣根越しにコロと少し遊んだ。橘家の表から訪れると気をきかせた静子が、きっと祖母が戻るまで家にいるよう計らうに違いない。それは避けたかった。ただ彼は、少し時間を潰《つぶ》せれば良かったのだから。

「じゃあな、コロ。明後日《あさって》にでも、散歩に連れてってやるからな」

陽が完全に沈む前、彼は犬に声をかけ隣家の垣根から離れた。

(無事に明後日を迎えられたら……だけど)

自分の言葉に小首を傾げるお馴染《なじ》みのポーズを取り、尻尾《しっぽ》を振って喜びをあらわにするコロを振り返りつつ、ふと、そんな自虐的な思いに囚《とら》われながら家に入る。

まず玄関と廊下の明かりも点《とも》さないまま、和室の前まで行き耳を澄ます。何も聞こえない。そおっと襖《ふすま》を開ける。何も見えない。

次いで廊下を反対側まで戻ると食堂の扉を開け、キッチンの方を覗《のぞ》く。何もいない。念のためキッチンの中にまで入ってみるが、やはり何の気配もない。

それから洗面所に行き、風呂場《ふろば》を見る。妙なところは、どこもない。少し尻込《しりご》みしながらも、バスタブの蓋《ふた》を開ける。何も入っていない。

ゆっくりと階段を上がる。折り返しで振り向き、一番上まで達したところで、再び下に目を向ける。特に後ろから尾《つ》いて来る、あるいは憑《つ》いて来るという感じはしない。

主寝室の扉を開ける。がらんとした空間があるばかりで、寒々としている。

やはり廊下の明かりをつけないまま、慎重に奥へと進む。忍び足のような歩みで前進しながら、後ろを振り返る。時には立ち止まって、背中越しに気配を探る。でも、一向に引っかかるものがない。

やがて、勉強部屋の北側に位置する部屋の前に着く。階段と廊下を除けば、詩美絵が唯一の反応を示した部屋の前へと立つ。

(姉さん……)

知らぬうちに、そう心の中で呼びかけている。

(姉さん……。何か伝えたいことがあるなら、ちゃんと聞くから――)

ノブに手を伸ばし、そおっと回しはじめる。

(姉さん……。助けてくれるよね)

ノブの回転が止まる。

（姉さん……）

ゆっくりと扉を開ける。内開きのため、向こう側へと扉が開いてゆく――と、和室で、キッチンで、浴室で、主寝室で目にしたものたちが一気に、まざまざと脳裏に蘇《よみがえ》り、とっさに怖《お》じ気《け》づいた。

（あぁっ……）

声にならない叫びを上げ、急いで扉を閉めようとしたところで、ぐいっと内側から引っ張られた。

思わずノブを離す。

微《かす》かな軋《きし》みを立てながら、すうっと扉が室内側へと開いてゆく……。

完全に開き切った扉の向こうに、小さな影が立っていた。その背格好から、五歳くらいの女の子に見える。

（ね、ね、姉さん……？）

呼びかけそうになったとき、影がぐらっと動いた。えっと驚いて目をこらすと、再びぐらっと動いた。それも前へ……、こちらへ……。

生き別れになった姉弟《きょうだい》が、十年振りに会って抱擁をする。そんな光景を思い浮かべた貢太郎は、泣き笑いにも似た表情で、迫りつつある影を凝視していた。

と、だらりと下げられた影の左腕が、急に伸びたように思えた。次の瞬間、ずぼっと腕が落ちた。すかさず右腕も、ぼとっと床に落下した。そこから少し前へと踏み出たところで、左足が付け根から抜け、次いで右足も折れるように崩れて、いつしか首の載った胴体だけが彼の目の前に立っていた。

その首が少しずつ揺れはじめた。やがて首は、ぐらんぐらんと大振りをはじめたかと思うと――、

彼女の四肢と首は、ほとんど身体から千切れかかっていた……。

小久保老人の言葉を思い出した貢太郎は、凄惨《せいさん》な光景を見る前に、辛うじて扉を閉めることができた。

とっさに勉強部屋に飛び込んだ彼は、まず明かりを点した。そして煌々《こうこう》と点る光の下で、心臓の激しい鼓動と精神に受けた衝撃を、なんとか落ち着かせようとした。覚悟をしていたうえ、自分の実の姉なんだと言い聞かせていたにもかかわらず、やはり気持ちの良いものではない。いや、はっきり言っておぞまし過ぎる。

そう自身が感じたことが、また彼にとってはショックだった。

それにしても何かを伝えるために出てきた、という考えは間違いだったのか。それとも自分の辛抱が足りなかったのか。

ようやく胸の鼓動が平常に戻ったところで、あれこれと悩む余裕が出てきた。

しかしながらどの場合でも、もうこれ以上は無理だという限界まで体験しているではないか。しかも、とことんまで付き合ったとして、亡き家族の温かいメッセージを受け取れる保証があるとは限らない。

仕方ないよ……と自分に言い聞かせ、その夜はもうよけいなことは何もせず、ひたすら明日に備えることにした。

翌日、棟像家の惨劇から十年目の朝、いつもより早く起きた貢太郎は、祖母が朝食を作るのを手伝った。特に前の晩から考えていたわけではない。ただ何となく、そうしたかっただけである。もちろん祖母は喜んでくれたので、彼も嬉《うれ》しかった。

平常より早い時間に祖母を送り出すと、橘家に向かう。静子に断わって、コロを散歩に連れ出すためである。ここでも橘夫婦に——旦那《だんな》さんとは初対面だったが——非常に感謝された。もっとも一番嬉しさを表したのは、コロだったかもしれない。この散歩も彼の予定では、すべての片がついているはずの明日に行うつもりだったが、ふと思い立って行動していた。

東四丁目の西を走る道に出たところで、急にコロが振り返って吠《ほ》えた。見ると、元上野家の方を向いているように見える。

まさか、もうはじまってるのか……？

コロの瞳《ひとみ》には化物屋敷から出た何かが、棟像家へと向かっている姿が映っているのではないか、そう貢太郎には思われてならない。

「コロ、行くぞ」

さすがに考え過ぎだと苦笑して、リードを引っ張ると迺川《のがわ》の方へと歩を進めた。

犬を散歩させるには中途半端な時刻だったのか、意外なほど犬連れの人を見かけない。

もっとも御蔭《かげ》で知らぬ間に彼は、引っ越して来てから昨夜までの様々な出来事を、もう一度じっくり振り返って考えることができた。

その最中に貢太郎は、実はある不安に囚われてしまった。そのため色々と思い巡らしてみたのだが一向にすっきりしない。ただ、礼奈にも詩美絵にも相談できないことだったので、自分ひとりで対処する必要があった。

散歩中、コロには彼が思索に耽《ふけ》っているのが分かるのか、とことこと横を大人しく歩くだけで、邪魔する気配は微塵《みじん》もなかった。逆に同行者を心配でもするように、時折ちらっと見上げる仕草が可愛く、彼を癒《いや》してくれた。

何とも奇妙な散歩ではあったが、貢太郎は糞《ふん》の始末だけはきちんとつけ、ほぼ予定通り一時間ほどで戻って来た。

家に帰って少し休んでいると、礼奈から電話があった。詩美絵はとっくに神社へ向かったらしく、十時半にここで落ち合う予定だという。

「大丈夫よ。シミちゃんに訊《き》いたら、確実な方法を考えてるって。ほら、彼女は霊感だけじゃなく、オカルトの知識も豊富でしょ。あっ、それからいざというときのために、霊験あらたかなお守りも用意してくれるように、ちゃんと頼んでおいたから」

「ありがとう。ところで、そのお守りなんだけど――」

散歩中に覚えた不安に対処するため、その理由は話さずに、貢太郎は礼奈にお守りとして貸して欲しいものがあると頼んだ。彼女は少し驚いたようだったが、すぐに承諾してくれた。

　それから貢太郎は、千葉の小学校で一番仲の良かった吉川清へ、落ち着いたら書くつもりだった手紙を認《したた》めた。最初は当たり障りのない内容にするつもりだったが、書きはじめると引っ越して来てからの出来事を、かいつまんで記していた。

　手紙を書き上げたところで、まだ十時半前だったが二人はやって来た。礼奈だけでなく詩美絵まで、どこか緊張しているように見える。食堂に通すと、彼女は鞄《かばん》の中から細長く畳んだ風呂敷《ふろしき》包みを取り出し、おもむろにテーブルの上で広げた。

「これって、注連縄《しめなわ》？」

　その中から現れたものを目にして、礼奈が意外そうに尋ねる。

「そうよ。もっとも魔除《よ》けの鈴をつけた特別なもので、普通は見かけないと思うけど」

「うん。どこか違うなって感じたから」

「いくつもあるみたいですけど、これをどこに？」

　素朴な疑問を貢太郎が口にすると、詩美絵は真剣な表情で、

「本当は森の祠《ほこら》から君の勉強部屋の前まで、要所要所に張り巡らせたいの。その間の小久保家、大柴家、石橋家、元上野家の門も含めてね」

「つまり、あれの通り道《い》に？」

「ええ。ただ、そんなことをすると注意を引いてしまうので、この家の門からはじめるしかないわね。それも表側じゃなくて裏に」

「門と部屋の前に、こんなに何本も？」

礼奈が首を傾げるのも無理はない。注連縄は十近くあるように見える。

「もちろん一箇所に一つだけでいいの。残りは門から部屋への道筋に、その通り道に張るためよ」

そう説明すると詩美絵は鞄を持ち、二人を促して廊下へと出た。

「まず門の内側に一つ。次いで玄関に、これも外を通りかかった人から見えないよう内側がいいわ。それから三和土《たたき》から廊下に上がるところ、階段の手前――」

場所を示しながら、彼女は移動してゆく。

「その折り返し、階段を上り切ったところ、廊下が曲がる角、バルコニーの手前と向こう側、そして勉強部屋の前――と、ここまでで十箇所になるわね」

具体的な場所を貢太郎に指示しながら、彼女が張り方まで丁寧に教えていると、とても不安そうな表情で礼奈が、

「これで怖いものが入って来るのを防げたとして、その後は？　ずっと注連縄を張っておくわけにはいかないでしょ」

「この注連縄はね、一種の試験のようなものなの。事件から十年目という特別な日に、これで防ぐことができるようなら、それほど心配することはないって分かる。後のことは、改めていくらでも考えることができるから」

「そういうことか――。でも、注連縄の結界が破られたら、どうなるの？」

一応の納得はしたものの、新たな不安から彼女の顔がさらに曇る。

「その場合は、問題の通り道に強固な意志が残っていて、ちょっとやそっとじゃお祓《はら》いなどできない――ということになるわね」

「なるわね、ってシミちゃん……」

「うん、だからね、そのときはそれの願いを成就させてしまうのよ」

詩美絵は二人を勉強部屋に入れると、鞄から新たな風呂敷包みを取り出し、再びおもむろに勉強机の上で広げた。

「えっ、藁人形《わらにんぎょう》……」

丑《うし》の刻参りで使用されるような一体の藁人形が、包みの中から現れた。

「貢太郎君の身代わりにするの」

「ど、どういうこと？」

「この人形に彼の髪の毛や爪を埋め込むと、これが棟像貢太郎の分身になる。で、本物の方は、その気配を絶つ御札を身につけておく。すると、彼を探し求めてやって来たものが、本人と見なして人形に襲いかかる。そうやって現世に残った思いをとげさせてやれば、この家に留《とど》まっている強固な意志も、綺麗《きれい》に消える――というわけ」

「あっ、なるほどね。さすがシミちゃん！」

ようやく礼奈の表情が和らいだところで、詩美絵は貢太郎に断わり髪の毛と爪を切ると、それを藁人形の中に埋め込んだ。そして御札を取り出し彼の額に当て、ぶつぶつと何かを唱えはじめた。その儀式めいた行為がすむと御札を額から剝《は》がし、人形の髪の毛と爪を埋めた上に貼りつけた。

「これを洋服簞笥《だんす》の中に吊《つ》るしておくんだけど――」

一連の作業をしながらも彼女は、なぜか貢太郎の方を心配そうに見ている。

「はい？」

まだ何か――それも口にしにくいことが――あるのだと思った彼は、詩美絵を促すように返事をした。すると彼女は、

「説明した通り、この人形が貢太郎君の身代わりになってくれることは間違いないの。ただね、それを確実にするためには、君にも洋服簞笥の中に入ってもらう必要があるのよ」

「ええっ、でもシミちゃん、彼の気配は御札で消えるからって――」

「そうなんだけど、それがどこまで完璧《かんぺき》なのかは分からないの。何と言っても本人なんだから。仮に彼が家の中の別のところに隠れたとして、最悪それを悟られる恐れも考えておく必要があるわ」

「だったら、この家から離れればいいじゃない。洋服簞笥の中に身代わりだけを入れておけば、間違いなくそこに行くはずでしょ」

「でもね、その場合、この簞笥の前から貢太郎君は注連縄を張って、最後は門から外へと出ることになる。どうしても注連縄は、彼が張る必要があるから。けど、それじゃ駄

目なの。逆でないと——。つまり門から勉強部屋まで、彼が辿《たど》ったという痕跡《こんせき》を残さなければ意味がないのよ」

「そんなぁ……」

「分かりました。僕やります」

「ちょ、ちょっと貢太郎君——」

「身代わりの人形があるうえ、僕も御札を持つわけでしょ」

礼奈には大丈夫だからと頷《うなず》いてみせ、詩美絵には確認の眼差《まなざ》しを向ける。

「そうよ。ただ、これから言う注意は必ず守ってね。御札は直接、肌身につけること。胸の辺りがふさわしいわ。そしていいこと？　箪笥の中では決して口をきいちゃ駄目よ。もちろん絶対に物音を立てるのも止めて。そのとたん、相手には君の存在が分かってしまうから。そうなると、もう人形は何の役にも立たなくなる」

詩美絵は一旦《いったん》口を閉じると、じっと貢太郎の目を見つめつつ、

「いい？　絶対に喋《しゃべ》っちゃ駄目よ。ひたすら静かに、人形に変化が起こるのを待つの。その後なら、どんなに大声を出しても大丈夫だから」

まるで脅すような口調に、ただただ貢太郎は頷くばかりだった。

それから彼は、詩美絵から渡された御札を胸に貼った。自分でやると言ったのだが、彼女が念のためだと手伝った。気をきかせて礼奈は後ろを向いてくれたが、貧相な胸板を詩美絵にさらしているのだと思うと、恥ずかしさのあまり顔が真っ赤になる。

このとき貢太郎は、あの不安を二人に——または詩美絵だけにでも——打ち明けようかと思った。だが、もう二人とも出かけなければならない時刻が迫っていた。詩美絵からは最後の注意や指示が出され、それを聞いているうちに言い出す機会を逸していた。

「これ、私からのお守りね」

門まで見送ったところで、礼奈が小さな布袋を差し出した。

「ありがと」

貢太郎が礼を言って受け取ると、詩美絵が微笑みながら、

「そのお守りが、もしかすると最も効き目があるかもしれないわね」

二人が帰ると、もうすぐに昼だった。いつも通り弁当を食べ、読み直しかけたまま放っておいた『ハックルベリー・フィンの冒険』を四時ごろまで読む。ともすれば活字を目で追っているだけで、まったく上の空になることもあったが、それでも少しは物語に没頭できたような気はした。

貢太郎は己に活を入れると、詩美絵に教えられた方法で注連縄の準備をした。まず門と玄関の二箇所に備えつける。夕方まで待ったのは、彼女が来客など万一の訪問者を考えたからである。門と玄関をすませた時点で、残りは五時ごろまで待つ予定だったので、再び食堂で待機する。ただし、もう読書をする気にはなれない。

緊張していたはずなのに、ついぼんやりしたのか、気がつくと五時を大幅に過ぎていた。慌てた貢太郎は、急いで残りの注連縄《しめなわ》を張る作業をはじめた。ただし焦るあまり、

教えられた張り方がおろそかになっては元も子もないので、あえてゆっくりと慎重に進める。

その用心の度が過ぎたのか、二階のバルコニーの手前に達したときには、もう外はそろそろ薄暗くなりはじめていた。

急がないといけない。大きな窓から赤茶けた西日を目に留め、さすがに少しまずいと思った貢太郎が、九本目の注連縄をバルコニーの向こう側に張ろうとしたときだった。

それが視界に入った。

「えっ……」

とっさに窓の前へと戻る。

元上野家だった化物屋敷の門の内側に、ゆらゆらと蠢《うごめ》く真っ黒な影が立っていた。もちろん顔など分からない。いや、それは人の形はしているものの、そもそも人間だとは、とても考えられない。確かなのは、こちらをじっと見上げているように思える、その有り様だけである。

あれが来る！

とたんに震え出した手を必死に動かしながら、できるだけ丁寧に、しかし可能な限り早く、九本目と勉強部屋の前の十本目、そして洋服簞笥の内側にも注連縄を張ると、貢太郎は吊るされた藁人形の左側に入り込んだ。前もって洋服は右側に寄せてあるため、窮屈ではあったが辛うじて座ることができた。

すべての準備が整ったところで、少しの隙間だけ残して、洋服箪笥の両開きの扉を閉める。十年前と同じ状態にすることが大事だと、詩美絵からは念を押されていた。

ただし十年前と十年後では、前者が脅威から逃れるために隠れたのに対し、後者は恐怖に立ち向かうために身を潜めているという最大の違いがあった。よって貢太郎には、いつでも来いとばかりの覚悟が備わっていた。礼奈のお守りがあることも、彼に勇気を与えていた。

なのに、どうしたのか一向にそれらしき気配が伝わってこない。

わずかな隙間があるとはいえ、暗がりで身を縮めたまま静かにしていると、そのうち自然と瞑想《めいそう》しているような感覚に陥ってゆく。コロとの散歩中に行った諸々《もろもろ》の思索を、また繰り返しているような気分になる。

どれほど時間が経っただろうか――。

その瞑想が、急に破れた。正確には、瞑想を断たれる微《かす》かな物音が耳についた気がして、意識が現実に戻ったのだ。

何だろう？　貢太郎が全神経を、家の中に向けたときだった。

玄関の扉が開閉したような、そんな気配を感じると同時に、微かな鈴の音が耳に届いた。そのとたん最初に耳にしたのも、今と同じ音だったのだと悟った。つまり一つ目が門の鈴の音で、二つ目が玄関ということになる。

注連縄が破られている！

ついに来たと興奮しながらも、同時に結界が突破されている事実に戦慄《せんりつ》したため、貢太郎は思わず狭い洋服箪笥の中で動き、肘《ひじ》や膝《ひざ》をぶつけてうめいた。

落ち着け、静かに……。大丈夫だ。じっと待つんだ。

自分に言い聞かせつつ、耳を澄ます。すぐに三つ目の鈴の落ちる音がして、廊下に上がったのが分かった。

ところが、そこから鈴の音が止んでしまった。三つ目まで突破したものの、先に進めなくなったのか。階段の手前で立ち往生している影の姿が、脳裏に浮かぶ。もっともそれが滑稽《こっけい》だと笑う余裕は、さすがにない。

やっぱり、そこまでの力はないのか……。安堵《あんど》しかけたところで、彼は別の気配を感じ、思わず二の腕に鳥肌が立った。

そうじゃない、違う……。一階の廊下をうろつく何かの気配が、二階の箪笥の中にいても伝わってくる。やつは和室とキッチンと風呂《ふろ》場《ば》を、いちいち覗《のぞ》いているのだ。完全に十年前を再現する……いや、再体験しているつもりなのかもしれない。

と、四つ目の鈴の落ちる音が聞こえた。次いで五つ目も……。確実に階段を上がっている。そして最上段の鈴が鳴った後、しばらく静寂が続いたため、今度は主寝室に入ったのだと察した。

やがて、七つ目の鈴の落ちる音が聞こえた。これまでの音色より一段とはっきり響いたのは、それが二階の廊下の曲がり角のものだったからだろう。

ちょうど真正面……。

まだ、それと貢太郎の間には長い廊下、勉強部屋の扉、洋服箪笥《だんす》の扉、それに四つの注連縄が存在している。だが、それが自分目がけて一直線に進んで来る気配を、彼はひしひしと感じていた。

その感覚を証明するように、また鈴が落ちた。バルコニーの手前だ。そしてもう一つ、バルコニーの奥に張り巡らした注連縄の鈴が鳴って、とうとうそれは廊下の東側へと達してしまった。

先に北側の部屋を覗くはずだと思っていると、扉を開ける音が聞こえた。が、すぐさま閉じる音が続く。その開閉音の間の短さが、まるで一刻も早く最後に残った部屋に入りたくてたまらない、というそれの意志の表れのように感じられ、貢太郎は戦慄した。

(でも、十年前はここで終わった。その事実が、やつを阻むことになるかも——)

しれないと念じたのも束の間、勉強部屋の扉の前に張った注連縄が破られたようで、とうとう十個目の鈴が落ちる音がした。

あれが入って来る!

扉が、すうっと開いたのが分かった。

それが扉口で佇《たたず》み、部屋の中を観察しているのが肌で感じられる。

と、目の前の隙間が、真っ黒いもので塞《ふさ》がれた。

やつだ……。影だ……。

それが今、洋服簞笥の前に立っているのだ。

ゆっくりと両開きの扉が開きはじめた。一旦は塞がれた隙間が、徐々に広がってゆく。

その光景を目にしながら、貢太郎は悪夢を思い出していた。あの夢の中の体験とそっくりであることに驚いていた。

ただし、実際にはこんな体験はしていないはずである。小久保の話が本当なら、上野郡司は勉強部屋に入る前に射殺されているのだから。にもかかわらず、これとまったく同じ光景を悪夢で見ていたということは、まるで未来のこの瞬間を、あたかも予知していたようではないか。あれは予知夢だったのか。

そんな莫迦《ばか》な……と思ったところで、すぐ眼前に真っ黒な影が立っていた。

「……………」

上げそうになった悲鳴を辛うじてこらえ、ゆっくりと音を立てずに呑《の》み込む。大丈夫だ、静かに……。

見ると、影は右手に大振りの包丁を持っている。そこだけが物凄《ものすご》く現実的に見え、自然と身体が震え出す。

次の瞬間、目の前で最後の注連縄が断たれ、床に落下した鈴の音が、虚《むな》しく響いた。

やっとみつけた……。

歓喜に満ちたような声が、影から漏れた。

おまえで、さいごだ……。

そう言うが早いか、影は包丁を振り上げると、奇妙な雄叫《おたけ》びと共に振り下ろした。貢太郎の身代わりである藁人形《わらにんぎょう》目がけて——。

洋服箪笥の内側の壁に、藁人形が串刺《くしざ》しされたのも束の間、すぐに凶器を引き抜いた影は、そこから包丁を突き立てては引き抜き、再び突き立てるという行為を、何度も何度も狂ったように繰り返した。

自分のすぐ横で振るわれる凶器の乱舞に、巻き起こる狂気の疾風に、今にも貢太郎は声を上げそうになった。

駄目だ！　声を漏らすな！　じっとしてろ！

必死に己に言い聞かせる。だが、そんな心の叫びそのものが、知らぬ間に口をついて出そうになり、とっさにぞっとする。

はぁはぁはぁ……。

必死で耐えていると、いつしか影の滅茶苦茶な動きが止まっていた。荒い息を吐きながら、呆然《ぼうぜん》としているように見える。もちろん表情は分からないが、満足しているような感じは受ける。

終わった……。思わず少しだけ安堵した貢太郎は、あろうことか微かに溜息《ためいき》を吐いてしまった。

そのとたん、影の荒い呼吸がぴたっと止んだ。そして何かを探るように箪笥の内部に身を乗り出すと、貢太郎が蹲《うずくま》っている端の方へ、ゆっくり身体を向けて、こんなことでだまされるとおもったのか……。

そう言いながら、下ろしていた右手を振り上げた。

「ねぇ、貢太郎君」

目の前の影はいつしか、満面に笑みを浮かべた詩美絵の姿になっていた。

十五　終止符

「あら、あまり驚いていないようね」

詩美絵が意外そうな、と同時に、やや残念そうな表情を浮かべた。

「そ、その包丁は……う、うちの、キッチンの……」

「ええ、そうよ。こういうものは、現場で調達するに限るからね」

「そ、それで僕を、さ、刺すつもり……」

「当たり前でしょ。何を言うのかと思ったら——。で、どうしてもっと驚かないの？」

「す、少し……お、おかしいな……って、思ってたから……」

「へぇ、そうなの？　例えば、どういったところが？」

思わぬやり取りを、彼女は楽しんでいるように見えた。だが、そこには予想外の展開に対する苛立《いらだ》ちも、微かに顔を覗かせている。

「ここから出てもいい？」

貢太郎が窮屈さをアピールすると、詩美絵はちょっと考える仕草をしたが、

「いいわ。ベッドにでも座ったら」

そう承諾した。ただし、すかさず彼と扉の間に立てるよう自らも動く。

「それで？」

「一つ訊《き》きたいんだけど、ほんとは霊感なんてないんでしょ」

「どういうこと？」

その口調には、急に高まった苛立ちが感じられる。

「階段から二階の廊下、そして奥の勉強部屋にかけて、君が何度も覚えたような、何か得体の知れないものの気配があることを、ちゃんと私は分かったじゃない。それは見ていて、君もそう感じたでしょう」

「でも、そんなのは僕の話を聞いていれば、誰にでも可能だよ」

「私がお芝居をしたって言うの？」

「うん。しかも、やり過ぎてしまった」

「何ですって！」

今や詩美絵の表情には、苛立ちではなく怒りの様が出はじめている。

「最後の部屋で、この勉強部屋の隣で、あなたは部屋の奥に座ったまま、あたかも姉さんが殺されたのがそこであり、さも自分が彼女の霊と交信をしているような、そんな芝居をしたでしょ」

「………」

「けど昨日の夕方、あの部屋に入ったとき、僕が姉さんを見たのは扉の正面だった。そこから彼女は、僕の方に歩いて来ようとした。これまでの体験から考えると、彼女が殺されたのは、歩き出す前に立っていた場所のはずだと分かる。あなたが座り込んだところとは、まったく違う地点だけどね」

この指摘によって、彼女は物凄く驚愕《きょうがく》したように見えた。ただ、貢太郎は自分の発見を喋《しゃべ》るのに夢中で、そんな相手の変化には気づいていない。

「それで妙だなぁって思った。いんちき霊媒師かと考えたけど、そういう訳でもなさそうだし……。でも、僕らに嘘を吐《つ》いてることは確かだろ。そこで、あっと思った。コロが吠《ほ》えていたのは、あなたに対してだったんじゃないかって」

「あぁ、あのバカ犬ね」

「コロは賢いよ。ちゃんと不審者には反応するっていうから、きっと邪悪な心を持った人間が分かるんだ。コロが吠えたのは、火曜日と木曜日の昼過ぎだった。この日って、礼奈ちゃんのお兄さんの家庭教師に行くために、あなたがコーポ池尻から生川家に向かう——つまり橘家の前を通る日なんだ」

「ほんっとに春休みの間、毎回毎回あのバカ犬は——」

「今朝もコロが吠えて、僕はてっきり化物屋敷に向かってだと思ってたけど、あれはコーポから出ようとした、あなたに気づいたからなんだ。今朝の早くに、あなたは神社に行くことになっていたから」

「ふーん、どうやら君も頭が良さそうね。でも、どうして礼奈ちゃんに、そのことを話さなかったの？」

「それは――」

「自信がなかったからでしょ。霊感なんていうあやふやなものと犬の鳴き声だけでは、何の証明にもならないものねぇ。今の私の姿を見て、ようやく君は確信を持って、ここまで断定的な物言いができたに過ぎないんだから」

再び詩美絵の表情に、この状況を楽しんでいる様子が浮かびはじめた。

「それだけじゃない」

「あら、他にも疑惑があるってわけ？」

「この家に入ったのは、昨日がはじめてじゃないでしょう」

一瞬の間があって、

「どうして、そう思うの？」

「トイレだよ」

「えっ？」

「あなたは二階のトイレに入ろうとした。なぜ、あそこがトイレだと分かったのか。すべての部屋には案内したけど、二つのトイレと二階の廊下奥の洗面所の扉だけは開けていない。なのに迷わず、あなたは二階のトイレの扉に向かった。一階なら見当をつけてっていうこともあるかもしれない。でも、二階でっていうのに引っかかったんだ」

「なるほど。迂闊《うかつ》だったわ」

意外にも彼女は、素直に反省しているようである。

「霊感の演技にばかり気を取られていたのが、やっぱりいけなかったのね」

「あなたは一体──」

そこで貢太郎が、一番疑問に思うことを問いかけようとした。だが、逆に彼女は興味津々といった態度で、

「ところで、君には本当に、そういうものが見えるの？」

そう尋ね返したため、彼も思わず、

「ということは僕の話を、まったく信じてなかったわけか」

「失礼ね。そんなことないわ。ただ、どっちでも良かったのは事実だけど。これは利用できるなと思ったのは確かね」

「この家に入り込むために？」

「ええ、そうよ。それでどうなの？　私の質問に、まだ答えてないわよ」

「見えるよ。もっともここに来るまで、そんな体験はなかったけど」

「そう。それじゃ本当に殺された家族が、君に何かを伝えるために出て来たってわけね。まぁ実際は何もできずに、単に君を怖がらせただけで──」

「そんなことない。少なくとも姉さんは、あなたが信用できないって、見事に教えてくれたじゃないか」

「へぇ、その結果がこれなの？」

包丁をひらひらと振りながら、詩美絵は皮肉そうに笑った。しかし、すぐに笑みを引っ込めると、

「まぁ、どうでもいいわ。じゃあ玄関からこの部屋の前まで、その間をうろつく影の気配を感じたのも本当なのね」

「本当も何も、陽が沈む前に、元上野《かみつけ》家の門の内側に立ってるのも見たし、その影が、ついさっき簞笥《たんす》の扉を開けて藁人形《わらにんぎょう》を刺したんだから。それが急に――」

「えっ……ちょっと待って！　君には私が、その影に見えてたっていうの？」

「そうだよ」

「道理で――。簞笥の扉を開けたとき、私の方を見ているにもかかわらず、どうも私という存在を認めていないような、そんな奇妙な眼差《まなざ》しを君はしてた……。やっぱり見えてなかったのね」

ようやく納得がいったという詩美絵の様子だったが、そこからは感慨深そうに、

「そうだったんだ。知らなかったなぁ……。この家に入ってから私は、ずっと兄さんと一緒だったなんて――」

「な、な、何だって……」

思わず立ち上がりそうになった貢太郎の前に、包丁が突きつけられる。慌てて彼はベッドに座り直しながら、

「そ、それじゃあなたは、上野郡司の妹……」

「そう、上野司命よ。知らないだろうから教えてあげるけど、司命という二文字には、人の生命を支配する、生殺与奪の権を有する者っていう意味があるのよ」

「な、何を、訳の分からないこと……」

「これも気づいてないでしょ。〈simei〉っていうローマ字書きを並べ替えたのが〈simie〉だってこと。アナグラムって知らない？　聞いたことない？」

「あ、あるよ……。あっ、そうか……もしかすると、名字も〈しもの〉じゃなくって、あれは〈しもつけ〉って読むのかもしれない。上野って書いて、〈かみつけ〉とも言うように。そうすると、下野《しもつけ》って——」

「はい、よくできました。下野家は母親の実家なの。上総《かずさ》家の遠戚《えんせき》に当たるわ。小久保のお爺《じい》さんが、あそこの一族にはご大層な名字が多かった、って言ったんでしょ。その一族の一つよ。別にどんな読み方をしようと、ご大層だなんて言われる筋合いはないけど。まぁ下賤《げせん》な者のやっかみってとこね」

「コーポ池尻の大家のお婆さんが、あなたの名前に反応したのも、漢字にじゃなくて読みにだったんだ……」

「いいえ、あれは下野っていう漢字によ。上乃っていう人も、同じ目に遭ってるから間違いないわ。私は決して自分からは、〈しもつけ〉とは名乗らないから。正確な読みを求められることって、日常生活では案外ないものなのよ。それに、この町で本当の読みを知られるのは、やっぱり危険だからね」

「でも、あなたは事件の後、お父さんが亡くなった後、その下野家にお母さんと戻って、ここのことは忘れ――」

「忘れるわけないでしょ！」

突然、詩美絵が激昂《げきこう》した。

「しょせん父さんは、ああやって死ぬ運命だったのよ。母さんは兄さんを祀《まつ》るのが精々で、自分では何もできない。でも、私は違う！　兄さんがやり残したことを、連鎖の完結を、流れの達成を、私がやりとげてみせる！　ずっとそう思ってたわ。狂ってしまった順番に終止符を打つんだってね」

「そ、そのために、この町に住み、家庭教師をして……」

「そうよ。家庭教師の仕事は、東四丁目でなくても良かったんだけど、ちょうど上手《うま》い具合に生川家の口があってね。しかも生徒の妹は、君と同じ歳だという嬉《うれ》しい偶然まであるじゃない。小久保のお爺さんじゃないけど、これは運命だって思ったわ」

「霊感があるって言ったのは――」

「礼奈ちゃんの外交的な性格からして、またお祖父《じい》さんが町内会の会長を務めているという立場からも、彼女が君と知り合いになる確率は高いと踏んだの。そう彼女に思わせておけば、いざというとき惨劇のあったこの家に入りやすいでしょ。もちろん君の相談に乗るという名目でね」

「僕たちが引っ越して来る前、この家に入ってたんだな」

「どうやって用意したのかは知らないけど、兄さんが合鍵《あいかぎ》を残してくれてたから。ただ残念ながら、君のように兄さんの気配を感じることは、一度もできなかったけどね。でも、それも今日、もっとも大事なときに、実は兄さんと一体化してたって分かっただけで、私はもう満足――」

「お、お、おかしいよ！　絶対に変だよ！　こ、こんなことするのも狂ってるけど、そうやって僕がこの家に引っ越して来るのを、ずっと待ち続けようとしたなんて、どう考えたって異常じゃないか！」

今度は貢太郎が叫んだ。だが彼女の顔にはたちまち、全身の皮膚が粟立《あわだ》つような、にやにやとした笑いが浮かんだかと思うと、

「君のお父さんとお母さんは、とっても優しい人たちだったわ」

「…………」

「見ず知らずの私を車に乗せてくれたばかりでなく、私の指示通りに走らせて下さったんだから」

「なっ……」

「上総家は、元々は千葉の出だから、あっちに一族の墓所があるのよ」

「…………」

「お墓参りをしに来たって言ったら、よろしかったら終わるまでお待ちして、帰りもお送りしますよって――そうおっしゃってね」

「………」

「スタンガンを使ったせいで、危うく私も一緒に落ちるかと焦ったけど、まぁ何とかなったわ。これでも運動神経はいいから。あっ、もちろんスタンガンの痕跡《こんせき》が残らないように、注意はしたわよ。でも、仮に事故じゃなく殺人だと分かったところで、一向に構わなかった。警察の捜査が、私に行き着くはずがないもの。もし万に一つ私に辿《たど》り着いたとしても、まったく動機がないんだから……ね。私としては、君がこの家に引っ越して来さえすれば、それで目的は達せられたことになるのよ」

「そ、そのために……」

「君の家が豊かでないことは、失礼ながら事前に調べさせてもらったわ。時間だけは、たっぷりあったから。もちろん自分が大人になって、お金を稼いで、自由に動き回れるようになるまで待つという、その時間も必要だった」

「………」

「だから、私がコーポ池尻に入居してから、君を待ったのは半年にもならないし、その程度の月日など、これまで費やした年月を考えればまったく何てことないわ」

本人にその意識は全然なかったが、いつしか貢太郎の頬を涙が伝い下りていた。なぜ両親が死んだのか本当の訳が、それも信じられないような理由が分かり、目の前が真っ暗になると共に頭の中が真っ白になっていた。

「あら、随分とショックを受けたみたいね。どうやら今の話に一番驚いたようだけど、ご両親のことを悲しんでいる場合じゃないかも——ね」

詩美絵は包丁を逆手に持ち替えると、

「さぁ、お話はこのくらいでいいでしょ。片をつけてしまいましょう」

そう言いながら、じりっ、じりっと貢太郎に近づきはじめた。

「逃げられないよ。きっと捕まる」

あふれる涙をぬぐった彼は、自らの意識をはっきりさせるために頭を振ると、鋭く相手を睨《にら》みつけつつ断言した。

だが、当の彼女はまったく動じる気配もなく、

「どうかしら、私は逃げる自信があるわ。それに捕まって死刑になっても、別に構わないわよ、私は」

「…………」

「分かってないようね。私にとって重要なのは、兄さんの遺志を継ぐこと——それだけ。後のことは、まぁなるようになるんじゃない」

詩美絵は愕然《がくぜん》とする貢太郎の様子を笑いながら、

「やっぱり子供ね。少しでも私の態度に疑問を感じたのなら、こうやって対峙《たいじ》する前に、それなりの手は打っておくものよ。もっとも仮に礼奈ちゃんに相談したとしても、彼女は私を完全に信用してるから、きっと無駄だったと思うけど」

勝ち誇るように言い切った。

ところが、そんな彼女の言葉に怯《ひる》む様子も見せずに、貢太郎はゆっくりベッドから立ち上がった。

「彼女だけが、僕の友達じゃない」

「へぇ、他に誰がいるっていうのよ」

「僕は大好きだけど、ひょっとすると、あなたは苦手かもしれない」

そう力強く言い放って、おもむろにベッドへ目を向けた。そこには、ある部分だけが不自然にこんもりと盛り上がった掛け蒲団《ふとん》があった。

「ま、まさか……」

「彼はね、僕の言うことなら何でも聞いてくれる。『待て』って言えば、それこそ何十分でもじっと待ちの姿勢を取るんだ」

「そんなはったり――」

「コロ！　飛びかかれ！」

叫ぶのと同時に彼は、ばっと蒲団を彼女の方へと剝《は》いだ。

「いやっ――」

その一瞬、詩美絵が怯んだ。空に舞った蒲団の下にある枕の代わりに、コロの幻影を彼女が見ている隙を突き、その横をすり抜けた貢太郎は、脱兎《だっと》のごとく廊下へ飛び出した。

「くそおぉっ！　この餓鬼があぁぁぁっ！」

物凄《ものすご》い絶叫が、勉強部屋の中で轟《とどろ》いた。

あの綺麗《きれい》で清楚《せいそ》な雰囲気を纏《まと》った詩美絵が、そんな言葉をそんな口調で叫んだのだと思うだけで、廊下を逃げる彼の両足が震え、心底から肝が冷えた。

すかさず、ばんっと扉を開けたたきつける音が続いて、

「待てぇぇぇっ！」

バルコニーに差しかかっていた貢太郎の背後から、詩美絵の声が追いかけて来た。

もちろん彼は全速で廊下を走ったが、たちまち彼女の気配が迫って来る。すぐ背後で包丁が空を切る、シュッという音が唸《うな》る。

（追いつかれる！）

背筋がぞっと粟立った瞬間、突き当たりの壁にぶち当たった。

彼がとっさに身体を左にずらすと、すぐ横に彼女が飛び込んで来た。彼が気づくよりも早く、包丁が顔の真横に突き刺さっている。悲鳴を上げる間もなく、そのまま一気に階段を目指す。

二段飛ばしで階段を駆け下り、折り返しで壁に衝突するのを恐れることなく方向転換すると、再び二段飛ばしで一階の廊下へ着地していた。お蔭《かげ》で彼が振り向いたとき、まだ彼女は折り返しにも達していなかった。

（逃げられる！）

そう確信して靴下のまま三和土《たたき》に下りると、玄関の扉を開けようとして——、

扉のノブと内側に設置されたチェーン式の錠の間が、針金で何重にもぐるぐる巻きにされていることに気づいた。これでは鍵《かぎ》を外したところで、とても扉を開けられない。

ここにいては駄目だ。じきに追い詰められる。

彼が慌てて三和土から上がったところへ、ちょうど階段を下り切った彼女が、ぬうっと姿を現した。

「分かった？　そういう準備を事前にしておくのが、子供と大人の違いなの。私はね、ちゃんと保険をかけてあるのよ」

荒い息を吐きながらも、詩美絵の顔には満面に笑みが浮かんでいる。

「さぁ、もう観念しなさい。ここまでお膳《ぜん》立《だ》てがそろえば、これが運命なんだって、君も納得できるでしょ」

もちろん貢太郎は応《こた》えずに、すぐ食堂へと飛び込む。そのまま北側の大きな出窓へと走り、カーテンを開ける。が、玄関で見たのと同じ針金がクレセント錠に何重にも巻かれていて、窓を開けることができない。

（そうか……。一階の部屋に入っていたのは、十年前の再現なんかじゃなく、この作業をするためだったんだ。いや、ひょっとすると二階の窓も……）

あまりの周到さに彼が舌を巻いていると、扉を開けて詩美絵が入って来た。

「どう？　逃げることなどできないって、思い知ってくれたかしら？　この家からも、連鎖の運命からも——ね」

彼女が扉口から歩を進める前に、貢太郎はテーブルの向こう側へと走り込んだ。この室内で楯《たて》にできるのは、それくらいしかなかったからだ。

「君も往生際が悪いわね」

詩美絵がテーブルの反対側に立つ。彼が左に動くと彼女は右に、彼が右に動くと彼女は左に、行く手を阻むように移動する。

「そうやってる間は、私が捕まえられないと思ってるんでしょ。でもね、こうやってテーブルを押すと――」

彼女は両手をテーブルの縁にかけると、ずずっ、ずずっと貢太郎の方へと押しはじめた。すぐに彼も押し返すが、やはり力では負けるようで、じりっ、じりっと後退を余儀なくされるばかりである。

しかも詩美絵は真っ直ぐには押さず、キッチンとリビング兼ダイニングの空間を隔てている壁面と東の壁の角に、彼を追い詰めようとしていた。

「くそぉっ！」

満身の力を両腕に込めて、貢太郎はテーブルを押し戻そうとした。その甲斐《かい》あって、ずずっとテーブルが彼女の方へ動いたところで、両手に包丁が襲いかかってきた。

カンカンカンカンカンッ……。

刃《やいば》の鋭い切っ先が、テーブルの縁をつかんだ彼の手を目がけ、連続で振り下ろされる。うかうかしていると指の一本も切断されてしまう。かといって完全に手を離すこともできない。テーブルを押し戻しながらも、絶えず手の位置を変え、必死で包丁をかわす。テーブルの表面を打つ刃の乾いた音が、立て続けに響く。まるでモグラたたきゲームのような光景が、二人の間で果てしなく続いた。

　しかし、状況は明らかに貢太郎に不利だった。詩美絵は包丁の攻撃を加えている間も、左手と自らの腹部でテーブルを押すことができたからだ。彼が同じ体勢を取ろうものなら、上半身がテーブルの上に出てしまい、手の指どころか顔面を切りつけられる恐れがある。よってテーブルから身を離し、腕の力だけで押し戻すしかなかった。

　自分の右斜め後方にある東側の、もう一つの出窓に飛びつこうかと考えた。が、きっと同じように針金が巻かれているに違いない。そう考え直したところで、窓の向こうが橘家の庭であることを思い出した。

「コロ！　コロォォッ！」

　とっさに貢太郎が声を上げると、それに応えてコロが吠《ほ》え出した。しかも彼の叫びに尋常ならざるものを感じたのか、コロの吠え方は次第に激しさを増してゆく。

「なるほど。そうやって、お隣の橘さんの注意を引こうってわけね。でも、犬が吠えたくらいで、隣家の様子をわざわざ見に来るかしら。たとえ来たとしても、インターホンに応えず玄関も閉まってたら、普通は帰っちゃうわよね」

　詩美絵は、追い詰めた獲物を弄《もてあそ》ぶのが楽しくてたまらないという様子で、

「あっ、そうか。そのとき君は、大声で助けを求める気なのね。けど、果たして間に合

うかどうか。さっきも言ったように、別に私は捕まることが──」

相手が自分の言葉に酔っているのを見て取るや否や、貢太郎は素早く椅子を引き出し、彼女に投げつけた。

「きゃっ！　ああっ……くそっ！」

思わぬ反撃に詩美絵は怯んだが、椅子を払い除けると一気にテーブルを押し詰めようとして、向こう側に彼の姿が見えないことに気づいた。

「えっ……ど、どこよ？」

彼女が狼狽《うろた》えた次の瞬間、テーブルの下に潜り込んでいた貢太郎が横手から姿を現すと、脱兎の如く扉を目指して走り出した。

「あああぁぁぁっっ！」

詩美絵の怒りは最早《もはや》まともな言葉にはならないようで、物凄い雄叫《おたけ》びが室内に轟いた。

人間離れした咆哮《ほうこう》を耳にしながら、彼は廊下へと飛び出したが、その一瞬の間に自分の進むべき道を決断しなければならなかった。

和室の窓も、おそらく駄目だろう。風呂場《ふろば》とトイレは、小さ過ぎる。これで一階は全滅だ。かといって二階も、寝室と北側の部屋は期待できない。廊下のバルコニーはと思ったが、あんなに大きな窓を見落とすはずがない。ということは勉強部屋しか、開きそうな窓は残っていないことになる。

迷わず階段を駆け上がる。

だが勉強部屋の窓から、一体どうやって逃げる？　二階から飛び下りるのか。

いざとなれば、それもやむを得ないと貢太郎が決心したときだった。

階下から狂気に満ちた詩美絵の気配が、怒濤《どとう》の勢いで迫って来るのを、背中全体で感じた。これまでに経験したことのない凄《すさ》まじい悪寒が背筋を走り抜け、もう数段で二階だという地点で、思わず立ち止まってしまう。

ここから時間の流れが変わったような感覚に、貢太郎は包まれた。非常にゆっくりと、スローモーション映像の世界のように、時が進みはじめた。

どんどんどん……と家鳴りのごとき音が、家中を震わせる。

ひたひたひたっ……という禍々《まがまが》しい気配が、階段を上がって来る。

たったたっ……と一気に残りの段を踏み締め、そのまま二階の廊下に駆け込む己の足音が耳につく。

貢太郎がバルコニーの前へ達したところで、詩美絵が既に廊下の角を曲がったことが分かった。予想以上の物凄い追い上げだった。

彼の頭の中には、とにかく勉強部屋に飛び込んで扉を閉じて鍵を掛け、内側から押さえるという方法しか浮かばない。できればベッドか簞笥《たんす》をバリケードに用いたいが、そんな余裕などまったくないことが、たちまち背後に迫った身の毛もよだつ気配によって思い知らされる。

いや、余裕がないと言えば、部屋に入ることさえできるかどうかも疑問だった。それほどすぐ後ろに、彼女の荒い息が感じられる。

　これがやはり運命なのか……。

　そう思ったとたん、自分が勉強部屋へとまっしぐらに向かっていること、その真の意味に気づき、貢太郎はぞっとした。なぜなら棟像貢太郎は、その部屋で殺害されることに意味がある――と上野郡司も司命も考えたに違いないからだ。

　いくら仕組まれたにしても、やっぱり何か目に見えない力が働いている……という考えが、ふっと貢太郎の気力を奪った。勉強部屋の扉を目の前にして、彼の足がもつれた。

　倒れる……。

　転んだら、きっと彼女は部屋の中へと引きずり込み、そこで止《とど》めを刺すだろう。朦朧《もうろう》とした頭で、己の最期を幻視したときだった。

「伏せろおぉぉっ！」

　廊下の反対側で絶叫が轟《とどろ》き、貢太郎が転ぶと同時に、パンッという乾いた破裂音が後ろで響いた。

　どさっと何かが倒れる物音がした。

　彼が腹這《はらば》いのまま振り返ると、自分の足元に転がっている詩美絵の姿があった。背中からは見る間に血潮が噴き出している。何が起こったのか訳も分からぬまま廊下の向こうに目をやると、拳銃《けんじゅう》を構えた格好で固まっている若い警察官が、そこにいた。

　敬愛する兄とまったく同じ状況で、詩美絵もまた射殺されたのである。

終章

「行って来ます」

和室にいる祖母に挨拶《あいさつ》をすると、玄関で見送る妻には手を振って、いつもの朝と同じように棟像貢太郎は、自宅の門を開けて外へと出た。

「産休のこと、それとなく調べておいてね。もちろん制度の内容じゃなくて、実際に男性社員で取った人がいるのかどうかよ」

「うん、分かった。じゃ——」

笑顔で見送る礼奈に軽く手を上げ、貢太郎は駅への道を急いだ。

（子供かぁ……）

出産予定は十月なので、そのころに産休が本当に取れるのかどうか、まだ三月の今から親しい上司や先輩に探りを入れておくつもりだった。

（幸い彼女の実家は目と鼻の先だし、駄目でも何とかなるか）

そうも思ったが、すぐに礼奈の怒った顔が頭に浮かび、慌てて安易な考えは捨てることにする。

（子供が生まれたら、このお守りは、もう手放さないとなぁ）

背広の内側のポケットに仕舞った小さな布袋の中の、礼奈の兄の携帯電話を服の上から押さえながら、ふと貢太郎は思った。

（あれから長い年月が経ったんだなぁ……）

ちょうど十年前の今ごろ、彼は全面改装する前の棟像家において、もう少しで上野司命に殺されるところだった。漠然とした不安を感じながらも、あのときは彼女の指示に従うしかなかった彼は、念のため礼奈に携帯を貸して欲しいと頼んだ。それも彼女のではなく、当日は法事に行く必要がなかった礼治の携帯を。

礼奈が渡してくれた小さな布袋の中には、礼治の携帯と、彼女の携帯に繋《つな》ぐための操作方法をメモした紙片が入っていた。貢太郎は洋服簞笥に入るとすぐ、彼女に電話をかけた。ただし決して声を立てないよう、彼女には事前に言い含めてあった。こちらで何が起こっているのか、いざというときのために聞いていて欲しいと。

だから貢太郎は詩美絵の姿を認めたとき、彼女が包丁を持っていること、それで自分を殺害する意思があること、それをまず礼奈に伝えたのである。詩美絵の名前は出さなくても、きっと声で分かると判断した。

もっとも警察は、生川礼奈の話を端《はな》から信用しなかった。子供の悪戯《いたずら》と思ったのだ。それで彼女は祖父にすべてを打ち明け、町内会の会長が駅前の交番に直接電話を入れた結果、ようやく警察官が棟像家に向かうことになった。そして、すぐに家の中の様子が唯事《ただごと》でないことを認め、食堂の窓を破って入り、二階へと駆け付けたわけである。まさに間一髪だったと言える。

事件後、貢太郎と祖母は棟像家を引き払うと、礼奈の祖父の口利きで盂怒《うぬ》貴《き》町東二丁目の集合住宅に入居した。その物件の大家がコーポ池尻と同じ人で、貢太郎たちに同情した大家のお婆さんが、家賃を格安に負けてくれた。そうして彼は、礼奈と同じ名護池中学へ進学することができた。

ただ事件以来、貢太郎は礼治の携帯を、どうしても手放すことができなくなってしまった。なんとか一度は返したのだが、持っていないと不安になり、日常生活にまで支障を来すようになった。事情を悟った礼奈は兄に頼み込んで、それを彼にプレゼントしてくれた。

そのお守り代わりの携帯も、数年前から機種がすっかり古くなり、とっくに電話の役目さえ果たせなくなっている。それでも彼は手放せず、常に持ち続けていた。まるで自分の命綱のように――。

(でも、もう大丈夫だ)

今朝、なぜか急にそう思えた。子供のことを考えたためか、事件から十年という節目を意識したからか、とにかく明日からは机の引き出しに仕舞うつもりだった。

(出世払いでいいとは言われてるけど、礼奈のお祖父《じい》さんに、あの家の改装費用も返さないといけないしな)

さらに現実的なことを考えると、このお守りの役目も、もう終わったんだと実感することができた。

（そうだ、名前を考えないと。それも男の子と女の子の……）

礼奈と話し合って、生まれるまで子供の性別は聞かないことに決めている。

貢太郎は駅に向かう人々と歩調を合わせながら、〈貢〉や〈礼〉の字を入れた名前を考えはじめた。

そんな棟像貢太郎とひとりの少年が、とある道の途中ですれ違った。

ただ、貢太郎は少年に気づかず、少年も貢太郎を認めていない。二人とも相手に、ちらっとも視線を向けなかった。

やがて少年は、盂怒貴町東四丁目の西を走る道へと辿《たど》り着き、目の前に広がる光景を目にした。

次の瞬間――、

（あっ、前に見たことがある……）

その家をじっくりと眺める前に、その町並みが目に入ったところで、そう心の中で呟《つぶや》いていた。

もっとも家の方には、なぜか妙な違和感を覚える。見知っているはずなのに、わざと別の顔を見せられているような、そんな奇妙な感覚――。

「あんたが、まだ小さいころに、よく連れて来たけど……覚えているかどうか」

いつの間にか少年の後ろに立った老婦人が、そっと囁《ささや》いた。だが、その言葉に少年が頷《うなず》いたのを見ると、

「伯父さんとお母さんの遺志を、あんたが継ぐんですよ。司《つかさ》ちゃん……」